*Antología del cuento
breve y oculto*

Diseño de tapa: María L. de Chimondeguy / Isabel Rodrigué

RAÚL BRASCA
LUIS CHITARRONI

Antología del cuento breve y oculto

EDITORIAL SUDAMERICANA
BUENOS AIRES

IMPRESO EN LA ARGENTINA

Queda hecho el depósito
que previene la ley 11.723.
© *2001, Editorial Sudamericana S.A.*®
Humberto Iº 531, Buenos Aires.

www.edsudamericana.com.ar

ISBN 950-07-1940-1

Esta edición de 4.000 ejemplares se terminó de imprimir en
Indugraf S. A., Sánchez de Loria 2251, Bs. As., en el mes de enero de 2001.

PRÓLOGO

El cuento breve es una modalidad textual que alcanza suficiencia narrativa gracias a la inteligencia y el deseo de quien escribe y quien lee. Reconocerlo y valorarlo exige aplicación y oficio: discernir su eficacia, ponderar su ambigüedad, evaluar su concisión. También cierta monotonía: la repetición de mecanismos admirables, la rutina de medir el desconcierto y de prever el asombro. Las compilaciones que proceden de estas destrezas, que suelen ser correctas y satisfactorias, perduran o perseveran como catálogos de ejemplos más o menos caprichosos o exhaustivos.

Quisimos insinuar una antología opuesta a tales catálogos, incorporando fragmentos de dudosa entidad cuentística. Nos alentaba la observación de Novalis que tradujo Borges a propósito de las antologías: "Nada más poético que las transiciones y las mezclas heterogéneas". No nos detuvieron las clasificaciones ni los géneros. Buscamos en biografías, libros de poemas, ensayos y hasta en recetarios y manuales de instrucciones. Alguna vez corrimos el riesgo de incluir simplemente una cita o una anécdota. Esperamos que el lector comparta o justifique esa hospitalidad.

L. CH.
R. B.

7

EL ESPEJO RÁPIDO Y EL ESPEJO LENTO

De noche Ateh se hacía pintar en cada párpado una letra del alfabeto, como las que se dibujan en los párpados de los caballos antes de la carrera. Las letras eran del prohibido alfabeto jázaro, en el que cada carácter mata en el preciso momento en que se lee. Eran escritas por ciegos, y por la mañana, antes de que la princesa se lavara, las sirvientas la servían con los ojos cerrados. Así ella estaba protegida de los enemigos mientras dormía.*

Para divertirle, los sirvientes le llevaron a la princesa dos espejos. No se diferenciaban mucho de los demás espejos jázaros. Ambos habían sido hechos de sal pulida, pero uno era rápido y el otro lento. Todo lo que el primero, reflejando el mundo, tomaba como adelanto del futuro, el segundo, el lento, lo restituía, reequilibrando así las cuentas del primero, porque en relación con el presente estaba atrasado exactamente en la misma medida en que el primero estaba adelantado. Cuando llevaron los espejos a la princesa Ateh, ella estaba todavía en la cama

---

* En este libro, el asterisco indica partes del texto original omitidas.

8

y no se habían lavado aún las letras de sus párpados. En el espejo vio los propios párpados cerrados y murió en el acto. Desapareció entre dos parpadeos o, para ser más exactos, leyó por primera vez las fatales letras escritas en sus párpados, puesto que había parpadeado en el instante previo y en el instante posterior y los espejos le transmitieron el reflejo. Murió asesinada simultáneamente por las letras del pasado y del futuro.

Milorad Pavíç, *Diccionario jázaro, Novela léxico*, 1989.

ACTUACIÓN

Me he aprendido de memoria la vida de mi madre, y como si fuera un papel teatral, cada mañana, durante una hora, represento la vida de mi madre delante de los espejos. Esto sucede cada día desde hace años. Lo hago vestida con los trajes de mi madre, con su abanico y peinada como ella, porque he trenzado los cabellos en forma de un gorro de lana. Actúo también delante de los demás, hasta en la cama de mi amante. En los momentos de pasión no existo, no soy yo sino ella. Porque entonces actúo tan bien que mi pasión desaparece, y queda sólo la suya. En otras palabras, me ha robado de antemano todos los contactos amorosos. Pero no se lo reprocho, porque sé que ella también había sido despojada de la misma manera por su madre. Si alguien me pregunta ahora a qué se debe tanto actuar, responderé: trato de darme a luz una vez más, pero de una manera mejor...

Milorad Paviç, *Diccionario jázaro, Novela léxico*, 1989.

10

NAVEGACIÓN A VELA

Los jázaros acostumbraban poner en algunas de las naves de su flota, en vez de velas, redes de pesca. Y esas naves navegaban como todas las demás. Cuando un griego les preguntó a los sacerdotes jázaros cómo lo lograban, un judío, que estaba presente en la conversación, respondió en el lugar de aquellos a los que iba dirigida la pregunta: "Es fácil, en vez del viento, en esas redes retienen otra cosa".

Milorad Paviç, *Diccionario jázaro, Novela léxico*, 1989.

SOFÍA

De joven me enamoré de una muchacha. No me hacía caso, pero yo insistí y una noche le hablé de mi amor a Sofía (ése era su nombre) con tanta pasión que me abrazó y en mis mejillas sentí sus lágrimas. Por el sabor de esas lágrimas enseguida supe que era ciega, pero eso no me molestaba. Estábamos abrazados cuando desde un bosque cercano oímos patalear un caballo.

—¿Es blanco ese caballo que oímos galopar a través de nuestros besos? —me preguntó.

—No lo sabemos y no lo sabremos hasta que no salga del bosque —respondí.

—No has comprendido nada —dijo Sofía, y en ese momento salió del bosque el caballo blanco.

—Lo he comprendido todo —repuse, y le pregunté de qué color eran mis ojos.

—Verdes —dijo.

Miren, yo tengo los ojos azules.

Milorad Paviç, *Diccionario jázaro, Novela léxico*, 1989.

12

EL CAPITÁN AHAB

Una novela escrita por la ballena blanca

Yo también, solo, sobreviví para contároslo. Una ballena me lo dijo, blanca como el golfo de Biscaya, negro el relato como el caviar. Casi perdí la memoria. Suele ocurrirles a los albinos, condenados por esto mientras sienten como los demás. Fuimos oscurecidos. ¿Fuimos? Soy único. Nunca he podido compartirlo. No he visto nunca camarada o pareja. Excepto él, nunca he tenido compañía, salvo el lapso en que me nutría y me tiranizaba mi madre. Atónita, fui de océano en océano, enamorada de los témpanos y de la niebla. Y de la nieve y de los osos polares cuando me acercaba a las playas. Nada había sido prohibido, pero eso era lo que había ahí: nada. ¿Qué sexo tengo? ¿Lo sabía Ahab?

Paul West, *The Universe and Other Fictions*, 1988.

SOLUCIÓN

"El acento del desarrollo de todo proceso como el mío debe colocarse en la palabra *creciendo*. Y como yo soy gran psicólogo y eximio filósofo, me decía que todo proceso psíquico de pequeñas proporciones puede quedar únicamente como tal sin que adquiera ninguna manifestación externa. Pero uno cuya característica es crecer —y óyeme bien tú, Lorenzo el Solo— tiene que llegar a expresarse en el mundo paralelo a él, sea en el mundo de la objetivación, sea, para mi caso, en el mundo de los gestos.

"Temía, pues, mis propios gestos.

"Temía, más aún: temía un encadenamiento de gestos. Y como ignoraba su final, mi temor, por un instante, se avecinaba al terror.

"—¿Entonces?

—Fumaba."

Juan Emar, *Umbral*, 1977.

EL SILENCIO

El teatro donde yo daba los conciertos también tenía poca gente y yo había invadido el silencio: yo lo veía agrandarse en la gran tapa negra del piano. Al silencio le gustaba escuchar música; oía hasta la última resonancia y después se quedaba pensando en lo que había escuchado. Sus opiniones tardaban. Pero cuando el silencio ya era de confianza, intervenía en la música; pasaba entre los sonidos como un gato con su gran cola negra y los dejaba llenos de intenciones.

Felisberto Hernández,
Nadie encendía las lámparas, 1947.

LOS TEÓSOFOS

Los teósofos juegan al gallo ciego y si abrazan el tronco de un árbol, dicen que es el talle de una joven, y si les sacan el pañuelo de los ojos, dicen que la joven se convirtió en árbol, y si les muestran la joven, dicen que es la reencarnación, y si la joven dice que no, dicen que es la falta de fe.

Felisberto Hernández, *Fulano de tal*, 1925.

SUFRAGIO

...En un gran salón habían hecho una pequeña repartición y allí se encerraba el que votaba. Era entre dos listas que había que elegir para poner en los sobres. A pesar de eso, algunos tardaban un ratito en salir. Eran los que tenían cara de más inteligentes. Después llegó un hombre muy extraño que me pareció el más inteligente de todos. Al rato de haber entrado y cuando todos pensábamos que saldría, se oyeron pasos reposados, acompañados de sus vueltitas de cuando en cuando. Pasó un rato más y los pasos no cesaban, pero de pronto cesaron y se sintió caer en el piso una moneda chica, de las que tienen sol y número.

Felisberto Hernández, *Fulano de tal*, 1925.

CASSIUS HUEFFER

Cincelaron en mi piedra sepulcral las palabras:
"Su vida fue apacible, y los elementos se combi-
naron en él de tal modo
    que la naturaleza podría alzarse y decir al mun-
do entero:
    Éste fue un hombre".
    Los que me conocieron se sonríen
    al leer esta vacía retórica.

Mi epitafio debió haber sido:
"La vida no le fue benévola,
    y los elementos se combinaron en él de tal modo
    que hizo guerra a la vida,
    y en ella fue muerto".
    ¡Mientras viví no pude habérmelas con las len-
guas calumniosas,
    y ahora que estoy muerto tengo que conformar-
me con un epitafio
    grabado por un necio!

Edgar Lee Masters, *Spoon River Anthology*, 1916.

18

SARAH BROWN

Maurice, no llores, no estoy aquí debajo de este
[pino.
¡El aire perfumado de la primavera susurra entre
[la suave hierba,
las estrellas rutilan, el mochuelo llama,
pero tú te afliges, mientras mi alma yace
[extasiada
en el nirvana bienaventurado de la luz eterna!
Ve hasta ese corazón bondadoso que es mi marido,
que medita sobre lo que él llama nuestro amor
[culpable:
dile que mi amor por ti, y también mi amor por
[él,
forjaron mi destino; que a través de la carne
alcancé el espíritu, y a través del espíritu, la paz.
No existe el matrimonio en el cielo,
pero existe el amor.

Edgar Lee Masters, *Spoon River Anthology*, 1916.

ROBERT FULTON TANNER

Si un hombre pudiera morder la mano
                    [gigantesca
que lo aferra y destruye,
así como yo fui mordido por una rata
mientras explicaba el funcionamiento de mi
                    [trampa patentada,
en mi ferretería, aquel día.
Pero un hombre nunca podrá vengarse
de ese ogro monstruoso que es la Vida.
Uno entra en el cuarto; es decir, nace;
y luego debe vivir; agotar el alma.
¡Ajá! El cebo que anhelamos está a la vista:
una mujer rica con la que uno quisiera casarse,
prestigio, posición, o poder en el mundo.
Pero hay una labor que realizar, cosas que
                    [conquistar;
¡oh, sí!, los alambres que ocultan el cebo.
Al final lo logramos; pero se escucha un paso:
el ogro, la Vida, penetra en el cuarto
(estaba esperando y ha oído sonar el resorte),
para contemplar cómo mordisqueamos el
                    [estupendo queso,
y mirarnos con sus ardientes ojos,

y fruncir el ceño y reír, y burlarse y maldecirnos,
mientras corremos de un lado a otro por la trampa.
Hasta que nuestra miseria la aburre.

Edgar Lee Masters, *Spoon River Anthology*, 1916.

MRS. PURKAPILE

Huyó y se fue por un año.
Al volver a casa me contó la tonta historia
de su rapto por piratas del lago Michigan,
de modo que no pudo escribirme, amarrado con
[cadenas.
Fingí creerle, aunque sabía muy bien
qué había estado haciendo, que de tanto en tanto
se encontraba con la señora Williams, la
[sombrerera,
cuando ella iba a la ciudad a comprar
[mercaderías, según decía.
Pero una promesa es una promesa,
y el matrimonio es el matrimonio,
y por el respeto que me debo a mí misma
no quise ser arrastrada al divorcio
por las tretas de un esposo simplemente
aburrido del voto y del deber conyugal.

Edgar Lee Masters, *Spoon River Anthology*, 1916.

ROSCOE PURKAPILE

Ella me amaba. ¡Oh!, ¡cómo me amaba!
No logré nunca esquivarla
desde el día en que me vio por vez primera.
Pero después, cuando nos casamos, pensé
que podría demostrar su mortalidad y dejarme
[libre,
o que podría divorciarse de mí.
Pero pocas mueren, ninguna renuncia.
Entonces me escapé y anduve un año de
[parranda.
Sin embargo nunca se lamentó. Decía que todo
[saldría
bien, que yo volvería. Y volví.
Le dije que mientras remaba en un bote
había sido capturado cerca de la calle Van
[Buren
por piratas del lago Michigan,
y atado con cadenas, así que no pude escribirle.
¡Ella lloró y me besó, y dijo que eso era cruel,
ultrajante, inhumano!
Comprendí entonces que nuestro matrimonio
era un designio divino
y no podría ser disuelto

sino por la muerte.
Tuve razón.

Edgar Lee Masters, *Spoon River Anthology*, 1916.

CONRAD SIEVER

No en ese jardín abandonado
donde los cuerpos se transforman en hierba
que no alimenta rebaños y en siemprevivas
que no dan fruto...
allí donde a lo largo de los sombríos senderos
se escuchan vanos suspiros
y se sueñan sueños aun más vanos
de estrecha comunión con almas de difuntos...
sino aquí debajo del manzano
que yo amé y cuidé y podé
con nudosas manos
durante largos, largos años;
¡aquí debajo de las raíces de este manzano de
[invierno
para entrar en la mutación química y el ciclo de
[la vida,
dentro del suelo y dentro de la carne del árbol
y dentro de los vivientes epitafios
de las manzanas más rojas!

Edgar Lee Masters, *Spoon River Anthology*, 1916.

25

IDENTIDAD Y PRESENCIA

A Solano le tocó acarrear el pésame en nombre de los compañeros de oficina del difunto, changa que lo abrumó al punto de buscar apoyo moral en el mostrador de un bar de la calle Talcahuano donde ya estaba Copitas en abierta demostración de lo acertado del sobrenombre. A la sexta grapa Copitas condescendió a acompañar a Solano para levantarle el ánimo, y cayeron al velorio en alto grado de emoción etílica.

Le tocó a Copitas entrar primero en la capilla ardiente, y aunque en su vida había visto al muerto, se acercó al ataúd, lo contempló recogido, y volviéndose a Solano le dijo con ese tono que sólo suscitan y quizá oyen los finados:

—Está idéntico.

A Solano esto le produjo un tal ataque de hilaridad que sólo pudo disimularlo abrazando estrechamente a Copitas, que a su vez lloraba de risa, y así se quedaron tres minutos, sacudidos los hombros por terribles estremecimientos, hasta que uno de los hermanos del difunto que conocía vagamente a Solano se les acercó para consolarlos.

—Créanme, señores, jamás me hubiera imaginado que en la oficina lo querían tanto a Pedro —dijo.

Julio Cortázar,
La vuelta al día en ochenta mundos, 1968.

SAN JORGE Y EL CANARIO

Entonces, ¿estamos los dos locos? ¿Por dónde saco la cabeza para respirar, frenético de ahogo, después de esta profunda natación de seiscientas diecisiete páginas, *Paradiso*? ¿Y por qué de golpe Jules Verne en un libro donde nada parece evocarlo? Pero sí, claro que sí que lo evoca; por lo pronto, ¿no habla el mismo Lezama de vivencias oblicuas, no ha dicho en alguna parte que es "como si un hombre, sin saberlo desde luego, al darle la vuelta al conmutador de su cuarto inaugurase una cascada en el Ontario", metáfora verniana si las hay? ¿No nos inicia en esa causalidad tangencial cuando recuerda que en el momento en que San Jorge clava la lanza en el dragón, el primero en caer muerto es su caballo, como a veces el rayo baja por un tronco de encina y recorre inofensivamente a trece seminaristas entregados al gruyère y al elogio del trébol antes de carbonizar a un canario que estridulaba en una jaula a cincuenta metros de distancia?

Julio Cortázar, *La vuelta al día en ochenta mundos*, 1968.

ENCANDILADO

Muchos años más tarde él recordaría el comienzo de esa aventura, asociándola a una lección de historia, donde se consignaba que un emperador chino, mientras desfilaban interminablemente sus tropas, precedidas por las chirimías y atabales de combate, acariciaba una pieza de jade pulimentada casi diríamos con enloquecida artesanía. La viviente intuición de la mujer deseosa le llevó a mostrar una impresionable especialidad en dos de las ocho partes de que consta una opoparika o unión bucal, según los textos sagrados de la India. El llamado mordisqueo de los bordes, es decir, con la punta de sus dedos presionaba hacia abajo, el falo, al mismo tiempo que con los labios y los dientes recorría el contorno del casquete. Farraluque sintió algo semejante a la raíz de un caballo mordido por un tigre recién nacido.

José Lezama Lima, *Paradiso*, 1967.

29

GASTRONOMÍA DIVINA

I

En China a veces ocurre*. Los pájaros se lanzan hacia las alturas. No soportan el calor. Suben y suben, y por lo que se sabe no vuelven. Se achicharran, ahí. O se disuelven en ceniza. O cruzan un agujero que hay en la bóveda. Naturalmente los extranjeros se burlan de esas creencias diciendo que lo que es de los dioses vuelve a los dioses, pero cocido, para alimentarlos.

II

Entonces, ¡oh, Gran Visir!, Hakim el anacoreta persistió en sus esfuerzos pues se sabía en la buena senda, por las noches entraba en las huertas y calmaba su hambre aspirando el perfume de un puerro o de una zanahoria. Y en premio de su empeño comenzó a recibir visitas del mismísimo Profeta, quien le hablaba al oído o, cosa más frecuente, lo visitaba vuelto animal, y el animal ya podía ser cuadrúpedo, o volátil, o reptante, que siempre aparecía en perfecto estado de cocción, humeando y convenientemente preparado. Ante la mirada interior de Hakim el anacoreta la visión se ponía de frente, de perfil o de costado, y hablando con voz de ensalmo, le decía: "Cómeme, muérdeme, devórame. Hártate de mí, anacoreta Hakim", de lo cual, sabiendo que era el mismísimo Profeta quien le hablaba, Hakim entendió la necesidad de intensificar sus prácticas y concentrarse en el estudio de la doctrina.

Daniel Guebel, *La perla del emperador*, 1990.

SUEÑO Y MEMORIA

En mi sueño, estaba solo en un camino vacío tratando de recordar el nombre del director de una película cuando pasó un auto cargado de pasajeros ruidosos que parecían estar compartiendo sus bromas en un idioma extranjero. El actor Robert Mitchum iba atrás y, antes de que el automóvil se detuviera, atraje su atención. Dije: "Sr. Mitchum, ayúdeme por favor. Usted trabajó en una película llamada *River Of No Return*, con Marilyn Monroe. ¿Puede decirme, por favor, cuál es el nombre del director?, porque él dirigió también *Such Good Friends* y no soy capaz de recordar su nombre." El señor Mitchum apoyó la espalda, extremadamente relajado, y dijo: "Lo siento mucho, pero yo tampoco puedo recordarlo". El automóvil se puso en movimiento de nuevo, pero de repente empecé a correr detrás de él gritando: "¡Otto Preminger, Otto Preminger!"

Dr. Jacob Empson, *Sleep and Dreaming*, 1989.

AMNESIA Y SIMETRÍA

No puedo recordar si nevó durante seis días y seis noches cuando tenía doce años o si nevó durante doce días y doce noches cuando tenía seis años.

Dylan Thomas, *A Child's Christmas in Wales*, 1950.

REENCUENTRO

La mujer le dejó saber con la mirada que quería decirle algo. Leoncio accedió, y cuando ella se apeó del bus él hizo lo mismo. La siguió a corta pero discreta distancia, y luego de algunas cuadras la mujer se volvió. Sostenía con mano firme una pistola. Leoncio reconoció entonces a la mujer ultrajada en un sueño y descubrió en sus ojos la venganza.

—Todo fue un sueño —le dijo—. En un sueño nada tiene importancia.

—Depende de quién sueñe —dijo la mujer—. Éste también es un sueño.

Luis Fayad, revista *El Cuento*, 1976.

DOS INTUITIVOS

1

Dicen que en el riñón de Andalucía hubo una escuela de médicos. El maestro preguntaba:

—¿Qué hay con este enfermo, Pepillo?

—Para mí, respondía el discípulo, que se trae una cefalalgia entre pecho y espalda que lo tiene frito.

—¿Y por qué lo dices, salado?

—Señor Maestro: porque me sale del alma.

Alfonso Reyes, *El deslinde*, 1944.

2

En seguida aparecieron esos dos hombres y pasaron rozándome; llevaban algo debajo del brazo, que yo supuse que habían robado. Uno estaba fumando, y el otro le pidió fuego, de modo que se pararon delante de mí, y el fuego de sus cigarros les iluminó la cara. Entonces vi que el más grande era el español sordomudo, con su barba blanca y su parche en el ojo, y el otro, un tipo sucio y harapiento.

—¿Pudiste ver los harapos a la luz de los cigarrillos?

Esto le hizo vacilar a Huck un momento. Después respondió:

—Este... no los vi, pero como si los hubiera visto.

Mark Twain, The Adventures of Tom Sawyer, 1876.

MI RELOJ

Mi hermoso reloj nuevo* atrasaba, pero lo hice reparar y adelantó tanto que pronto dejó muy atrás a los mejores relojes de la ciudad.

Mark Twain, revista *The Galaxy*, Nueva York, 1870.

SORPRESAS

Tuve una novia extraña. Me confesó que era criptojudía y yo pensé —en mi ignorancia cristiana— que era una secta erótica. Durante meses esperé la invitación.

***

El bosque era enorme. Unos pinos altísimos y grises. De lejos vi a la niña que perseguía a un lobo aterrado. Lo juro.

Alejandro Rossi, *Manual del distraído*, 1978.

MÉRITO MENOR

Cónsules y agentes migratorios han sido, en este siglo de persecuciones y asesinatos, personajes infinitamente importantes. Pueden condenar o salvar. Como siempre, ha hábido de todo. Casos ilustres y porquerías inolvidables. Unos agentes franquistas intentaron extorsionar a Walter Benjamin y sólo lograron que se suicidara.

Alejandro Rossi, *Manual del distraído*, 1978.

DOS CUENTOS PROTESTANTES

I

El señor Chandos era un hombre que pasaba más tiempo con su jardinero que con su mujer. Discutían sobre los ciruelos *ad nauseam*. Les dio a sus vecinos e inquilinos motivo para desesperar de setiembre, pues eran obsequiados con ciruelas del huerto hasta que las vejigas rugían como truenos y las espaldas se partían en dos por el abuso.

Hizo construir la capilla de Fovant, donde los asientos de los feligreses son de madera de ciruelo. De modo que los inquilinos siguen teniendo motivo para recordar al señor Chandos por medio de sus asentaderas y a cuenta de las solteronas.

II

El señor Lucas era un hombre cuyos entusiasmos estaban divididos con ecuanimidad entre su jardín y sus hijos. Cada vez que su mujer quedaba preñada, el señor Lucas plantaba árboles frutales. Su mujer rara vez tenía éxito con la labor reproductora, y aquellos niños con los que fue bendecida murieron antes de berrear. El señor Lucas amenazaba con talar los árboles, pero nunca lo hizo. Hay hasta la fecha once árboles esbeltos en su huerto, y él los trata a todos por su nombre de bautismo.

Peter Greenaway, *The Draughtman's Contract*, 1982.

DOS CUENTOS PROTESTANTES
(variaciones Greenaway)

I

El señor Chandos y el señor Lucas compartían el jardín. Habían llegado a este acuerdo por causas muy diferentes. El primero, orgulloso de sus árboles, esperaba que el señor Lucas los bautizara, para obsequiar después los frutos a familiares y sirvientes. El señor Lucas, amargado por la falta de descendencia, quería la madera de esos ciruelos para construir los féretros de sus futuros hijos, condenados a morir antes de berrear. Con salomónica indiferencia, ninguno le contó al otro su propósito. De modo que hablaban de galgos y de papistas, siempre en ese orden.

II

La observación del nombre de uno de los árboles del señor Lucas hizo que el señor Van Hoogt llegara a la siguiente conclusión. Los nombres del Jardín Original debían revelar más acerca del propósito de

su hacedor —ya que los bautizó su primera víctima— que todas las palabras de la Biblia. El señor
Van Hoogt dedicó los últimos años de su vida a la
composición de un jardín que reflejara el jardín ge-
nésico, pero tuvo la suerte de morir antes de que el
árbol del bien y del mal le propusiera cualquier ten-
tación.

Nigel Ferneyhough, *Getting Older &*
Other Circumpolar Vicissitudes, 1998.

ENTRE LOS HACS

Uno encuentra a veces, a la hora del mediodía, en una de las calles de la capital, a un hombre encadenado, seguido de una escuadra de Guardianes del Rey, y que parece satisfecho. Ese hombre es conducido a la muerte. Acaba de "atentar contra la vida del Rey". ¡No es que estuviera en absoluto descontento! Simplemente quería conquistar el derecho a ser solemnemente ejecutado, en un patio del palacio, en presencia de la guardia real. El Rey, es inútil decirlo, no está al corriente. Ya hace mucho tiempo que tales ejecuciones no le interesan. Pero la familia del condenado obtiene un gran honor con ella, y el condenado mismo, después de una triste vida, frustrada además probablemente por culpa suya, recibe al fin una satisfacción.

Todo adulto está autorizado a ofrecer el espectáculo número 30, que se llama "la muerte recibida en un patio del Palacio", si, con la intención confesada enseguida espontáneamente de "atentar contra la vida del Rey", ha logrado franquear la gran verja, la verja del parquecito y una puerta de entrada. Como se ve, no es muy difícil y se ha querido de tal manera dar algunas satisfacciones precisamente a aquellos a los que tanto han faltado.

44

Las verdaderas dificultades habrían comenzado en la segunda puerta.

Henri Michaux, *Voyage en Grande Garabagne*, 1936.

EN EL PAÍS DE LA MAGIA

Los magos aman la oscuridad. Los debutantes la necesitan absolutamente. Por decirlo así, se adiestran en las buhardillas, los cuartos interiores, los armarios, los cofres, las bodegas, los graneros, las escaleras sombrías.

En mi casa no hay día en que no salga de la alacena algo insólito, un sapo, una rata, oliendo además a torpeza y desapareciendo frente a mí sin lograr echarse a correr.

Encontraba hasta ahorcados, falsos claro, que no tenían ni siquiera la cuerda de verdad.

¿Quién puede afirmar que a la larga uno se acostumbra? Una aprensión me retenía siempre un instante, con la mano indecisa en el picaporte.

Un día, una cabeza ensangrentada rodó sobre mi chaqueta nueva, sin hacerle por otra parte ni una mancha.

Después de un momento —infecto— que no quisiera vivir nunca de nuevo, volví a cerrar la puerta.

Ese mago tenía que ser un novato para no haber podido dejar ni una mancha sobre una chaqueta tan clara.

Pero la cabeza, su peso, su aspecto general, esta-

ba bien imitada. Con un horror asqueado yo la sentía
ya caerme encima, cuando desapareció.

Henri Michaux, *Au pays de la magie,* 1941.

UN HOMBRE APACIBLE

Extendiendo las manos fuera del lecho, Pluma se sorprendió al no encontrar la pared. "Vaya, pensó, se la habrán comido las hormigas...", y se durmió de nuevo.

Poco después, su mujer lo agarró y lo sacudió: "Mira, dijo, ¡holgazán!, mientras te dedicabas a dormir nos han robado la casa". En efecto, un cielo intacto se extendía por todas partes. "¡Bah!, el mal ya está hecho", pensó.

Poco después, comenzó a oírse un ruido. Era un tren que se les echaba encima a toda velocidad. "Parece tener prisa, pensó, llegará antes que nosotros", y se durmió de nuevo.

En seguida, el frío lo despertó. Estaba todo empapado en sangre. Varios pedazos de su mujer yacían a su lado. "Con la sangre, pensó, siempre surgen cantidad de cosas desagradables; si ese tren pudiera no haber pasado, yo sería muy feliz. Pero como ya pasó...", y se durmió de nuevo.

"Veamos, decía el juez, cómo explica usted que su mujer se haya herido a tal punto que la han encontrado repartida en ocho pedazos, sin que usted, que estaba a su lado, haya podido hacer un gesto para impedírselo, sin haberse siquiera dado cuenta. Ése es el misterio. Todo el asunto está ahí dentro".

"Por ese camino no puedo ayudarlo", pensó Pluma, y se durmió de nuevo.

"La ejecución tendrá lugar mañana. Acusado, ¿tiene algo que añadir?"

"Excúseme, dijo, no he seguido el asunto". Y se durmió de nuevo.

Henri Michaux, *Un certain Plume*, 1930.

REMITENTE

Stephen Dedalus

Clase de Nociones Elementales

Colegio de Clongowes Wood

Sallins

Condado de Kildare

Irlanda

Europa

El Mundo

El Universo

James Joyce,
Portrait of the Artist as a Young Man, 1916.

EN EL INSOMNIO

El hombre se acuesta temprano. No puede conciliar el sueño. Da vueltas, como es lógico, en la cama. Se enreda entre las sábanas. Enciende un cigarrillo. Lee un poco. Vuelve a apagar la luz. Pero no puede dormir. A las tres de la madrugada se levanta. Despierta al amigo de al lado y le confía que no puede dormir. Le pide consejo. El amigo le aconseja que haga un pequeño paseo a fin de cansarse un poco. Que en seguida tome una taza de tilo y que apague la luz. Hace todo esto pero no logra dormir. Se vuelve a levantar. Esta vez acude al médico. Como siempre sucede, el médico habla mucho pero el hombre no se duerme. A las seis de la mañana carga un revólver y se levanta la tapa de los sesos. El hombre está muerto pero no ha podido quedarse dormido. El insomnio es una cosa muy persistente.

Virgilio Piñera, *El que vino a salvarme*, 1970.

UNA DESNUDEZ SALVADORA

Estoy durmiendo en una especie de celda. Cuatro paredes bien desnudas. La luna cuela sus rayos por el ventanillo. Como no dispongo ni de un mísero jergón me veo obligado a acostarme en el suelo. Debo confesar que siento bastante frío. No es invierno todavía, pero yo estoy desnudo y a esta altura del año la temperatura baja mucho por la madrugada.

De pronto alguien me saca de mi sueño. Medio dormido todavía veo parado frente a mí a un hombre que, como yo, también está desnudo. Me mira con ojos feroces. Veo en su mirada que me tiene por enemigo mortal. Pero esto no es lo que me causa mayor sorpresa, sino la búsqueda febril que el hombre acaba de emprender en espacio tan reducido. ¿Es que se dejó algo olvidado?

—¿Ha perdido algo? —le pregunto.

No contesta a mi pregunta, pero me dice:

—Busco un arma con que matarte.

—¿Matarme? —la voz se me hiela en la garganta.

—Sí, me gustaría matarte. He entrado aquí por casualidad. Pero ya ves, no tengo un arma.

—Con las manos —le digo a pesar de mí, y miro con terror sus manos de hierro.

—No puedo matarte sino con un arma.

—Ya ves que no hay ninguna en esta celda.

—Salvas la vida —me dice con una risita protectora.

—Y también el sueño —le contesto.

Y empiezo a roncar plácidamente.

Virgilio Piñera, *El que vino a salvarme*, 1970.

EL INFIERNO

Cuando somos niños, el infierno es nada más que el nombre del diablo puesto en la boca de nuestros padres. Después, esa noción se complica, y entonces nos revolcamos en el lecho, en las interminables noches de la adolescencia, tratando de apagar las llamas que nos queman —¡las llamas de la imaginación! Más tarde, cuando ya no nos miramos en los espejos porque nuestras caras empiezan a parecerse a la del diablo, la noción del infierno se resuelve en un temor intelectual, de manera que para escapar a tanta angustia nos ponemos a describirlo. Ya en la vejez, el infierno se encuentra tan a mano que lo aceptamos como un mal necesario y hasta dejamos ver nuestra ansiedad por sufrirlo. Más tarde aún (y ahora sí estamos en sus llamas), mientras nos quemamos, empezamos a entrever que acaso podríamos aclimatarnos. Pasados mil años, un diablo nos pregunta con cara de circunstancia si sufrimos todavía. Le contestamos que la parte de rutina es mucho mayor que la parte de sufrimiento. Por fin llega el día en que podríamos abandonar el infierno, pero enérgicamente rechazamos tal ofrecimiento, pues, ¿quién renuncia a una querida costumbre?

Virgilio Piñera, *El que vino a salvarme*, 1970.

NATACIÓN

He aprendido a nadar en seco. Resulta más ventajoso que hacerlo en el agua. No hay el temor a hundirse pues uno ya está en el fondo, y por la misma razón se está ahogando de antemano. También se evita que tengan que pescarnos a la luz de un farol o en la claridad deslumbrante de un hermoso día. Por último, la ausencia de agua evitará que nos hinchemos. No voy a negar que nadar en seco tiene algo de agónico. A primera vista se pensaría en los estertores de la muerte. Sin embargo, esto tiene de distinto con ella: que al par que se agoniza uno está bien vivo, bien alerta, escuchando la música que entra por la ventana y mirando el gusano que se arrastra por el suelo. Al principio mis amigos censuraron esta decisión. Se hurtaban a mis miradas y sollozaban en los rincones. Felizmente, ya pasó la crisis. Ahora saben que me siento cómodo nadando en seco. De vez en cuando hundo mis manos en las losas de mármol y les entrego un pececillo que atrapo en las profundidades submarinas.

Virgilio Piñera, *El que vino a salvarme*, 1970.

LA CASA ENCANTADA

Una joven soñó una noche que caminaba por un extraño sendero campesino, que ascendía por una colina boscosa cuya cima estaba coronada por una hermosa casita blanca, rodeada de un jardín. Incapaz de ocultar su placer, llamó a la puerta de la casa, que finalmente fue abierta por un hombre muy, muy anciano, con una larga barba blanca. En el momento en que ella empezaba a hablarle, despertó. Todos los detalles de este sueño permanecieron tan grabados en su memoria, que por espacio de varios días no pudo pensar en otra cosa. Después volvió a tener el mismo sueño en tres noches sucesivas. Y siempre despertaba en el instante en que iba a empezar su conversación con el anciano.

Pocas semanas más tarde la joven se dirigía en automóvil a Litchfield, donde se realizaba una fiesta de fin de semana. De pronto tironeó la manga del conductor y le pidió que detuviera el automóvil. Allí, a la derecha del camino pavimentado, estaba el sendero campesino de su sueño.

—Espéreme un momento —suplicó, y echó a andar por el sendero, con el corazón latiéndole alocadamente. Ya no se sintió sorprendida cuando el caminito subió enroscándose hasta la cima de la boscosa colina y la dejó ante la casa cuyos menores detalles recordaba ahora con tanta precisión. El mismo anciano del sueño respondió a su impaciente llamado.

—Dígame —dijo ella—, ¿se vende esta casa?

—Sí —respondió el hombre—, pero no le aconsejo que la compre. ¡Esta casa, hija mía, está frecuentada por un fantasma!

—Un fantasma —repitió la muchacha—. Santo Dios, ¿y quién es?

—Usted —dijo el anciano y cerró suavemente la puerta.

Anónimo, *Famous Ghost Stories*,
Bennet Cerf (Antología), 1944.

DILEMA

Supongamos que en una noche de niebla dos asaltantes de la misma banda disparan desde el suelo contra el guarda y contra el maquinista del tren. El guarda viaja al final del tren y los asaltantes disparan contra sus víctimas desde muy cerca. Un viejo caballero que viaja exactamente en la mitad del tren oye simultáneamente las dos detonaciones; usted dirá, por lo tanto, que los tiros fueron simultáneos. Pero el jefe de estación, que está exactamente a mitad de camino entre los dos asaltantes, oye antes el tiro que mata al guarda. Un millonario australiano tío del guarda y del maquinista (que son primos) ha legado toda su fortuna al guarda, o en caso de que él muriese primero, al maquinista. De este modo la cuestión de quién muere primero involucra grandes sumas de dinero. El caso va a tribunales y los abogados de ambas partes, educados en Oxford, concuerdan en que uno de los testigos debe estar equivocado, el viejo caballero o el jefe de estación. En realidad, ambos pueden tener perfectamente razón. El tren se aleja del punto en que se mató al guarda y se acerca al punto en que se mató al maquinista; por lo tanto el ruido del tiro al guarda debe viajar más para alcanzar al anciano caballero que al otro. Tiene razón entonces el caballero al afirmar la simultaneidad de ambas detonaciones, así como el jefe de estación cuando dice que el guarda fue muerto antes.

Bertrand Russell, *The ABC of Relativity*, 1925.

VAPOR EN EL ESPEJO

Tokio se llama la tintorería de mi barrio. Su dueña, desde una mesa, vigila los trabajos. Casi no habla
español. Entre el vapor sus hijos escuchan tangos en
la radio.
El día que me hicieron rector de la Universidad
fui a hacer planchar mis pantalones. Los muchachos
me dieron una bata mientras esperaba.
Por pudor, la madre dejó el puesto. Lo ignora:
enseño lenguas orientales. Pude leer, en la mesa, qué
escribía:

Aquí estabas
espejo
cuatro años escondido entre papeles.
Un rastro de belleza perduraba en tus aguas.
¿Por qué no lo guardaste?

De alguna cosa sirve, comprendí esa tarde, ser
rector de la Universidad, experto en lenguas orientales, dueño de un solo pantalón.

Sara Gallardo, *El país del humo*, 1977.

LA CARRERA DE CHAPADMALAL

¿Conocen la palabra Chapadmalal? Significa corral pantanoso. Dice: concentración de belleza. Una casa, un parque. Sobre todo caballos. Los mejores van después al cementerio, allí duermen, allí se vuelven Chapadmalal.

Un poeta los cantó, y no hay mejor manera de contar la verdad.

Sólo quiero recordarles que cada medianoche sin luna se arma una carrera en aquel aire. Dicen que solamente los de alma pura llegan a verla.

Experimentan en la noche un temblor, ir y venir de patas. Una vez más, la fragancia del sudor de caballo.

Dejando su envoltura de raíces, los grandes corredores fosforecen. En torbellino van, un tropel sin tropel, en disparada. Llevan las aclamaciones de las tardes. No está lejos el mar. Eso se sabe.

Quién tuviera corazón puro. Ver la carrera de los caballos idos de Chapadmalal.

Sara Gallardo, *El país del humo*, 1977.

SENSACIÓN PURA

Se trata... A ver si puedo ponerlo en unas frases: Un hombre tiene una anticipación muy precisa y detallada de tres o cuatro hechos que ocurrirán encadenados en el futuro inmediato. No hechos que le pasarán a él sino a tres o cuatro vecinos, en el campo. Entra en un movimiento acelerado para hacer valer su información: la prisa es necesaria porque la eficacia del truco está en llegar a tiempo al punto en que los hechos coincidan... Corre de una casa a otra como una bola de billar rebotando en la Pampa... Hasta ahí llego. No veo más. En realidad lo que menos veo es el mérito novelesco de este asunto. Estoy seguro de que en el sueño esta agitación insensata venía envuelta en una mecánica precisa y admirable, pero ya no sé cuál era. La clave se ha borrado. ¿O es lo que debo poner yo, con mi trabajo deliberado? Si es así, el sueño no tiene la menor utilidad y me deja tan desprovisto como antes, o más. Pero me resisto a renunciar a él, y en esa resistencia se me ocurre que hay otra cosa que podría rescatar de las ruinas del olvido, y es precisamente el olvido. Apoderarse del olvido es poco más que un gesto, pero sería un gesto consecuente con mi teoría de la literatura, al menos con mi desprecio por la memoria como instrumento del escritor. El olvido es más rico, más libre, más poderoso... Y en la raíz de esta idea onírica debió de haber algo de eso, porque esas profecías en serie, tan sospechosas, desprovistas de contenido como están, parecen ir a parar todas a un vértice de disolución, de olvido, de realidad pura. Un olvido múltiple, impersonal. Debo notar entre paréntesis que la clase de olvido que borra los sueños es muy especial, y muy adecuada para mis fines, porque se basa en la duda sobre la existencia real de lo que deberíamos estar recordando; supongo que en la mayoría de los casos, sino en todos, sólo creemos olvidado algo que en realidad no pasó. Nos hemos olvidado de nada. El olvido es una sensación pura.

César Aira, *La costurera y el viento*, 1994.

EL SIBARITA INDIFERENTE

En términos generales había sido un año memorable, de trabajo y relativa abundancia; de eso no podían quejarse. Inclusive podía decirse que fue un año de felicidad, aunque para eso se necesitaba que pasara cierto tiempo y poder verlo con más perspectiva. Todavía ni siquiera había pasado: faltaban unas diez horas, para ser justos. De modo que Raúl Viñas había puesto a enfriar catorce botellas de vino tinto, con un sistema de su invención, o mejor dicho: descubierto por él. Consistía en acercarse decididamente a un fantasma e introducirle una botella en el tórax; ahí quedaba, en un equilibrio sobrenatural. Cuando la iba a buscar, dos horas después por ejemplo, estaba fría. Había dos cosas que no había notado. La primera era que el vino salía de las botellas y corría como una linfa por todo el cuerpo de los fantasmas durante el proceso. La segunda, que semejante destilación transmutaba el vulgar vino barato, de barricas de cemento, en un exquisito cabernet sauvignon añejado que ni los magnates podían permitirse todos los días. Pero qué lo iba a notar, un bebedor tan poco exigente que en verano tomaba tinto frío sólo porque hacía calor. Encima, acostumbrado como estaba a los vinos maravillosos de su país, éste le parecía lo más natural del mundo. Y en efecto, qué hay más natural que tomar los mejores vinos, siempre y exclusivamente los mejores.

César Aira, *Los fantasmas*, 1990.

EL QUE ESTÁ ESCONDIDO Y ESPERA

El que está escondido y espera asoma su rostro macilento, cansino, no precisamente estragado, pero más bien cetrino, o por qué no oliváceo, aunque podría ser también aceitunado, que asimismo puede decirse. Aunque se dicen tantas cosas. Siempre hagas lo que hagas te van a criticar. Te la van a dar con todo. La gente es mala. Retomo el hilo. Estábamos en que asoma su rostro macilento por detrás del biombo. Entonces el biombo se cae. Al caerse se caen también todas las flores pintadas en el biombo, todos los pájaros, todos los lotos, todos los japoneses.

Es entonces, en ese preciso instante, cuando todos los tintoreros abandonan a la sanfasón todos los pantalones en las planchas y corren, corren y corren, corriendo a alcanzar todas las flores, todos los pájaros, todos los lotos.

Entonces, el que está escondido y espera se da cuenta de que ya no está escondido puesto que el biombo no está y entonces se dice a sí mismo "qué espero". Y entonces va, abre la puerta y corre detrás de los japoneses, que corren detrás de las flores, detrás de los pájaros, detrás de los lotos.

Isidoro Blaisten, El mago, 1974.

QUIERO PERDERME

Quiero perderme por falta de caminos. Siento el ansia de perderme definitivamente, no ya en el mundo ni en la moral, sino en la vida y por obra de la vida. Odio las calles y los senderos, que no permiten perderse. La ciudad y el campo son así. No es posible en ellos la pérdida, que no la perdición, de un espíritu. En el campo y en la ciudad, se está demasiado asistido de rutas, flechas y señales, para poder perderse. Uno está allí indefectiblemente limitado, al norte, al sur, al este, al oeste. Uno está allí irremediablemente situado. Al revés de lo que le ocurrió a Wilde, la mañana en que iba a morir en París, a mí me ocurre en la ciudad amanecer siempre rodeado de todo, del peine, de la pastilla de jabón, de todo. Amanezco en el mundo y con el mundo, en mí mismo y conmigo mismo. Llamo e inevitablemente me contestan y se oye mi llamada. Salgo a la calle y hay calle. Me echo a pensar y hay siempre pensamiento. Esto es desesperante.

César Vallejo,
Poemas en prosa | Contra el secreto profesional, 1975.

PROPÓSITO

Mi madre me ajusta el cuello del abrigo, no porque empieza a nevar, sino para que empiece a nevar.

César Vallejo,
Poemas en prosa | Contra el secreto profesional, 1975.

RUIDO DE PASOS DE UN GRAN CRIMINAL

Cuando apagaron la luz, me dio ganas de reír. Las cosas reanudaron en la oscuridad sus labores, en el punto donde se habían detenido: en un rostro, los ojos bajaron a las conchas nasales y allí hicieron inventario de ciertos valores ópticos extraviados, llevándolos en seguida; a la escama de un pez llamó imperiosamente una escama naval; tres gotas de lluvia paralelas detuviéronse a la altura de un umbral, a esperar a otra que no se sabe por qué se había retardado; el guardia de la esquina se sonó ruidosamente, insistiendo en singular sobre la ventanilla izquierda de la nariz; la grada más alta y la más baja de una escalinata de caracol volvieron a hacerse señas alusivas al último transeúnte que subió por ellas. Las cosas, a la sombra, reanudaron sus labores, animadas de libre alegría y se conducían como personas en un banquete de alta etiqueta, en que de súbito se apagasen las luces y se quedase todo en tinieblas.

Cuando apagaron la luz, realizóse una mejor distribución de hitos y de marcos en el mundo. Cada ritmo fue a su música; cada fiel de balanza se movió lo menos que puede moverse un destino, esto es, hasta casi adquirir presencia absoluta. En general, se produjo un precioso juego de liberación y de justeza entre las cosas. Yo las veía y me puse contento, puesto que en mí también corcoveaba la gracia de la sombra numeral. No sé quién hizo de nuevo la luz. El mundo volvió a agazaparse en sus raídas pieles: la amarilla del domingo, la ceniza del lunes, la húmeda del martes, la juiciosa del miércoles, la de zapa del jueves, la triste del viernes, la haraposa del sábado. El mundo volvió a aparecer así, quieto, dormido o haciéndose el dormido. Una espeluznante araña, de tres patas quebradas, salía de la manga del sábado.

César Vallejo,
Poemas en prosa | Contra el secreto profesional, 1975.

NEGACIONES DE NEGACIONES

Conozco a un hombre que dormía con sus brazos. Un día se los amputaron y quedó despierto para siempre.

***

Le vi pasar tan rápido, que no le vi.

***

Estuve lejos de mi padre doscientos años y me escribían que él vivía siempre. Pero un sentimiento profundo de la vida, me daba la necesidad entrañable y creadora de creerle muerto.

César Vallejo,
Poemas en prosa / Contra el secreto profesional, 1975.

ESCÁNDALO

Bennett: Sí, señor. He dispuesto los periódicos y
los telegramas en su escritorio, señor.
Carr: ¿Hay algo de interés?
Bennett: Hay una revolución en Rusia, señor.
Carr: ¿De veras? ¿Qué clase de revolución?
Bennett: Una revolución social, señor.
Carr: ¿Una revolución social? ¿Mujeres sin compañía que fuman en la ópera, esa clase de cosas?...

Tom Stoppard, *Travesties*, 1975.

VELEIDADES

Cuando la batalla se convierte en farsa, la única posición digna es estar por encima de ella —dijo el noveno conde—. El día en que cayó la Bastilla, Luis XVI de Francia volvió al palacio después de haber cazado y escribió en su diario privado: *Rien*. Repare usted en la dignidad de esta observación, para no mencionar su exactitud cósmica.

Tom Stoppard, *Lord Malquist and Mr. Moon*, 1969.

LO GENUINO

Cuando el marido hundió la calva, aureolada de pelo gris, en el plato de sopa, la rubia dirigió los ojos a Rivero. Éste pensó: "De puro distraído y triste se me fue la mano. Esa mirada reprende". Pero como seguía distraído y triste volvió a mirar. La rubia acariciaba la pelusa del marido. La cabeza acariciada bajaba a la sopa. Los ojos azules buscaban a Rivero. Como si con ellas manipulara un malabarista, las pupilas prodigiosamente se detenían en el aire y sostenían la mirada. El fenómeno era tan breve que, después de ocurrido, Rivero lo ponía en duda.

"Será una idea" se dijo; pero la ronda continuó: mimos conyugales. Rivero dedujo: "Una esposa infiel", como quien descubre, en este mundo de fraudes, un artículo genuino o siquiera un unicornio o un ángel.

Adolfo Bioy Casares, *Historias de amor*, 1972.

PREFERENCIAS

—Un hombre —dijo Rex mientras doblaba la esquina con Margot— perdió una vez unos gemelos de diamante en el ancho mar azul, y veinte años después, ese mismo día, un viernes al parecer, estaba comiendo un pescado y no encontró ningún diamante en su interior. Ésa es la clase de coincidencias que me gusta.

Vladimir Nabokov, *Laughter in the Dark*, 1936.

BOTÁNICA Y PATERNIDAD

—¿Ese que está bajo un olmo es tu padre?
—No es un olmo, es un roble —contestó Ada.

Vladimir Nabokov, *Ada or Ardor*, 1969.

ESCRIBIENDO UN POEMA

Escribo este poema con una delgada varilla de
[junco;
la tinta, al deslizarse, produce un ruido
[ensordecedor.
La clarividencia otorga deslumbramiento
y un pequeño dedal de malaquita
crece hasta contener el Río Amarillo.
En la pared de mi cuarto
está la vieja pintura de una rosa bermellón;
ese inofensivo objeto neutro e indoloro
me aturde con el insoportable perfume de miles
[de flores.
Todo eso has producido en el corazón de quien
[espera.

Hwang Tsi Lie. Dinastía Chou.
Alberto Laiseca, *Poemas chinos*, 1987.

EL CRECIMIENTO DE LAS GRANDES AGUAS

Por ti me he vuelto extravagante
como un diablo extranjero.
Miro tus ojos y veo florestas oscuras con algo de
[amarillo.
Senos infantiles pero de inmensos vértices;
pies diminutos y perfectos.
Entre tus piernas una pequeña Diosa China
[desnuda.
Cuán clamoroso el brote de bambú,
el marfil rosado,
con que la deidad se corona
como atributo divino.
Me fascina tu pelo negro
sobre la convulsión marrón de los tapices.
Pero Grandes Oídos captan el roce de los dedos
antes de que éstos lleguen a tocar la piel.
Te miro en público y mi corrección se altera.
Sé demasiado bien que múltiples ojos lo
[registran,
mientras las verdes aguas de la vergüenza
amenazan tragarnos.
No comprendo por qué,
a causa de mi condición femenina,

y de tu Origen Celestial,
sería mal visto si dijese
que eres encantadora.

Poema escrito por una cortesana desconocida
del palacio de Nancia, la Reina.
Alberto Laiseca, *Poemas chinos*, 1987.

INFANCIA

Adjunto una foto mía, tenía quizá cinco años. La cara de enojo era divertida en aquel momento; ahora la considero secreta seriedad.* Quizá no tenía aún cinco años en esa fotografía, quizá más bien dos, aunque tú, amiga de los niños, podrás juzgarlo mejor que yo, que ante los niños prefiero cerrar los ojos.

Franz Kafka, *Briefe an Felice*, 1967.

UN EMPERADOR SIGUE VIVIENDO

Cuando en aquel entonces el Emperador cabalgaba por las calles, a derecha e izquierda se reunía mucha gente que quería ver al Emperador y también querían ver su caballo.

Mucha de esa gente estaba adelante, digamos: en primera fila. Pero mucha gente también estaba en segunda, tercera y cuarta filas. Lo que había detrás de la cuarta, ya nada tenía que ver con una fila.

Y así sucedía que mucha gente, por ver al Emperador, no sólo se ponía en puntas de pie, sino que estiraba además el cuello, lo estiraba con tanta energía, que el cuello les quedaba estirado cuando el Emperador ya se había perdido en el crepúsculo y les quedó estirado por toda su vida.

Eso significa que si conocemos a una persona de cuello largo, no debemos burlarnos de ella ni mirarla con sorpresa. Se trata de un nieto o bisnieto de aquella gente que deseaba mirar al Emperador con una avidez que entretanto se ha perdido y ya no se puede reproducir.

Günter Bruno Fuchs,
Nueva Literatura Alemana, 1975.

ELECCIÓN DEL SOL DEL MEDIODÍA

Los del lado opuesto de la calle tienen el sol de la mañana. Por nuestras ventanas abiertas brilla el sol de la tarde. No puede ser más justo: cada uno tiene su sol. Al mudarse uno puede escoger entre dos soles. Prácticamente no hay más para elegir. Porque el sol de mediodía es tórrido y hostil, el sol de atardecer sólo ilumina, no calienta, y por lo que respecta al sol de medianoche, ni siquiera se sabe si existe realmente. No, mis padres sabían muy bien lo que hacían cuando renunciaron al sol de la mañana, a favor del sol de la tarde. Eligieron el mejor sol, el más seguro, el más constante, como fuente de luz y como fuente de calor. Fue lo que se dice una elección bien ponderada. Al mudarse ya pensaron en nosotros y en nuestros hijos, que algún día lo pasarán bien.

Harald Weinrich, *Nueva Literatura Alemana*, 1975.

PEZ

Dijo que hay un pez, en ese mismo río, que las aguas no quieren y él, el pez, debe pasar la vida, toda la vida,* en vaivén dentro de ellas* y tiene que luchar constantemente con el flujo líquido que quiere arrojarlo a tierra. Dijo Ventura Prieto que estos sufridos peces tan apegados al elemento que los repele, quizá apegados a pesar de sí mismos, tienen que emplear casi íntegramente sus energías en la conquista de la permanencia, y aunque siempre están en peligro de ser arrojados del seno del río, tanto que nunca se les encuentra en la parte central del cauce, sino en los bordes, alcanzan larga vida, mayor que la normal entre los otros peces.

Antonio Di Benedetto, *Zama*, 1956.

EL ESPOSO

Él se casa con una muerta. Ella no se lo había dicho. Se ocultan muchas cosas cuando uno quiere casarse. Ella hace todo lo posible pero se vuelve carroña. Al final, por el olor, él se da cuenta de todo. Demasiado tarde, está casado. Entonces, él muere a su vez para arreglar el asunto.

Norge, *Les Cerveaux brûlés*, 1969.

DESTETE

Cuando el joven lobo, abandonando los pechos
de la loba, degüella su primer cordero, hay una sonrisa en las nubes: el mundo sigue obediente, el Edén
no vuelve a empezar.

Norge, *Les Cerveaux brûlés*, 1969.

NOCHE REDONDA

¿Qué ojo tan fino distinguiría de las otras noches esta noche redonda?

Y para conocer este rumor apenas existente, ¿hay un oído suficientemente intacto, suficientemente ingenuo? Sólo algunos diamantes se han rajado, sólo —al fondo de los tupidos salones— algunas arpas atentas han llamado con su nota más grave.

Y lívida, abandonada por todos en los pliegues del encanto, la catedral se ha disipado como una niebla.

El alba denuncia un gran vacío esculpido que nadie osa franquear.

Vuelos de cornejas buscan las torres.

Norge, *El impostor*, 1937.

PERPLEJIDAD

La cierva pasta con sus crías. El león se arroja sobre la cierva, que logra huir. El cazador sorprende al león y a la cierva en su carrera y prepara el fusil. Piensa: si mato al león tendré un buen trofeo, pero si mato a la cierva tendré trofeo y podré comerme su exquisita pata a la cazadora. De golpe, algo ha sobrecogido a la cierva. Piensa: si el león no me alcanza ¿volverá y se comerá a mis hijos? Precisamente el león está pensando: ¿para qué me canso con la madre cuando, sin ningún esfuerzo, podría comerme a las crías? Cierva, león y cazador se han detenido simultáneamente. Desconcertados, se miran. No saben que, por una coincidencia sumamente improbable, participan de un instante de perplejidad universal. Peces suspendidos a media agua, aves quietas como colgadas del cielo, todo ser animado que habita sobre la Tierra duda sin atinar a hacer un movimiento.

Es el único, brevísimo hueco que se ha producido en la historia del mundo. Con el disparo del cazador se reanuda la vida.

Raúl Brasca, *Las aguas madres*, 1994.

87

LONGEVIDAD

No son las parcas quienes cortan el hilo ni es la enfermedad ni la bala lo que mata. Morimos cuando, por puro azar, cumplimos el acto preciso que nos marcó la vida al nacer: derramamos tres lágrimas de nuestro ojo izquierdo mientras del derecho brotan cinco, todo en exactamente cuarenta segundos; o tomamos con el peine justo cien cabellos; o vemos brillar la hoja de acero dos segundos antes de que se hunda en nuestra carne. Pocos son los signados con posibilidades muy remotas. Matusalén murió después de parpadear ocho veces en perfecta sincronía con tres de sus nietos.

Raúl Brasca, texto inédito, 1998.

EL PROFESOR LEÍA EL PASAJE DE KIRKÉ

El profesor leía el pasaje de Kirké. Uno de los alumnos se puso de pie indignado.

—Ese pasaje —prorrumpió— es ofensivo e intolerable para los cerdos, la especie más vilipendiada y martirizada por nosotros. ¿Por qué se considera perniciosa la transformación de los compañeros de Odiseo en puercos? ¿Para qué, sin tomarles su parecer, se les convierte de nuevo en seres humanos? Cierto que se les embellece y rejuvenece para darles en algún modo una merecida compensación...

El discurso se volvió ininteligible porque se trocó en una sucesión de gruñidos a que hicieron coro los demás discípulos.

Ante los hocicos amenazadores y los colmillos inquietantes, ganó el maestro como pudo la puerta, no sin disculpar débilmente antes al poeta, y aludir con algo de tacto a su linaje israelita y a la repugnancia atávica por perniles y embutidos.

Julio Torri, *Tres libros*, 1964.

EL MAL ACTOR DE SUS EMOCIONES

Y llegó a la montaña donde moraba el anciano. Sus pies estaban ensangrentados de los guijarros del camino, y empañado el fulgor de sus ojos por el desaliento y el cansancio.

—Señor, siete años ha que vine a pedirte consejo. Los varones de los más remotos países alababan tu santidad y tu sabiduría. Lleno de fe escuché tus palabras: "Oye tu propio corazón, y el amor que tengas por tus hermanos no lo celes". Y desde entonces no encubría mis pasiones a los hombres. Mi corazón fue para ellos como guía en agua clara. Mas la gracia de Dios no descendió sobre mí. Las muestras de amor que hice a mis hermanos las tuvieron por fingimiento. Y he aquí que la soledad oscureció mi camino.

El ermitaño le besó tres veces en la frente; una leve sonrisa alumbró su semblante, y dijo:

—Encubre a tus hermanos el amor que les tengas y disimula tus pasiones ante los hombres, porque eres, hijo mío, un mal actor de tus emociones.

Julio Torri, Tres libros, 1964.

EL ENCANTAMIENTO

Geremía tenía un extraño carácter; se jactaba de ser gitano y todo el tiempo se empeñaba en probarme que lo era, asombrándome y aun asustándome.* Decía, por ejemplo, que si, con un palito quemado, se trazaba un círculo de carbón en el suelo, en una localidad determinada, con luna llena, un martes diecisiete a media noche, pronunciando cierta palabra gitana, podía ocurrir que el aire, que para todo el mundo es aire, a nosotros, que hacíamos el encantamiento, se nos mostrara lleno de espíritus como contenidos en una gelatina. Le pregunté qué ocurriría una vez que viésemos el aire tan lleno de espíritus pegados los unos a los otros como en un ómnibus a la hora en que la gente va o sale del trabajo; y me contestó que, profiriendo otra palabrita gitana, obtendría que uno de los espíritus se apartara de sus hermanos y, convertido en un hermoso perro amarillo, me siguiera por todas partes, muy manso y obediente. Agregó que él mismo había poseído largo tiempo uno de estos perros amarillos; pero que se le había muerto, porque, para conservarlo, era preciso pronunciar cada noche aquella palabrita gitana, y él una vez se olvidó

de hacerlo, y entonces el espíritu voló, haciendo
que el perro cayera muerto al instante.

Alberto Moravia, *Nuovi Racconti Romani*, 1963.

LA VIDA ACADÉMICA

Al salir de la casa sé que las llamas se alzarán. No bien alcanzo el parterre, una breve explosión estremece las altas ventanas. Me vuelvo, como si obedeciera, y veo la gran bola de fuego detrás de mis pasos. Es una formidable nube de llamas que se levanta del interior de la casa y pronto domina todo el cielo, como el sol del miedo. Se disipa ya, sin embargo, y se declara un incendio sordo: la casa arde arde, tranquilamente, sin apelaciones. Me voy, ya sin volverme, sabiendo que esta casa no es mi casa.

Es la vieja casa de mi antecesor en el trabajo: un colega muerto, de cuya viuda, absurdamente, soy inquilino.

No soy culpable del incendio, pero la felicidad me apresura mientras huyo.

Julio Ortega, texto inédito, 1998.

CORTESÍAS MUTUAS

Osbert Sitwell iba a menudo a visitar a su hermano a Oxford, y esto reservó la experiencia más extraña que tuve allí. Una tarde de febrero me llevaron a ver a Ronald Firbank, quien vivía en una casa enfrente de All Souls. Ninguno de nosotros lo había tratado antes, pero sus novelas impresionistas nos permitían suponer a una persona peculiar, de modo que no nos sorprendió ser recibidos en una habitación con las cortinas casi completamente cerradas, iluminada por numerosas velas y cubierta por una profusión de flores. Una mesa había sido dispuesta con un banquete de frutas tropicales y confituras. Firbank, cuya apariencia era tan parecida a una orquídea como sus fantasías ficcionales, se comportaba de una manera extraña, al punto de que todos nuestros intentos por mantener una conversación ordinaria se volvían farsescos. Sus observaciones eran un murmullo inaudible, y estaba tan nervioso que no podía permanecer sentado más que medio minuto. La única información coherente que me dio la produjo después de que yo insistiera acerca de la procedencia de sus maravillosas frutas. "Blenheim", exclamó con un chillido histérico, y luego se dedicó a corregir la posición de un cuadro, dejando que me preguntara cómo era posible que los duraznos maduraran en Blenheim a mitad del invierno. Los Sitwell tenían más éxito en mitigar su desamparada falta de compostura. Pero incluso la aplomada moderación de Osbert fracasaba en el intento de obligarlo a algo excepto las afirmaciones discontinuas que eran su método predilecto de evadir explicaciones. Por ejemplo, cuando Sacheverell habló elogiosamente de *Caprice*, la última novela de nuestro anfitrión, él dio vuelta la cabeza y pronunció con una voz intempestiva: "No puedo soportar las calceolarias. ¿Ustedes sí?"

Unos días después lo invité a tomar el té, porque me causaba curiosidad saber cómo se vería a plena luz del sol y lejos de sus estilizados escenarios. Deseoso de complacerlo con cosas apropiadas, compré un voluminoso racimo de uvas y una sustanciosa torta de chocolate. Empolvado, decadente e insuperablemente tímido, muy alerta de mi explícito homenaje, se sentó cerca de la mesa con los ojos bien abiertos. Su respuesta más racional a mis intenciones de remitirlo al mundo de la literatura y el arte fue: "Adoro las bastardillas, ¿usted no?" Su taza de té permaneció intacta y gimió cuando llamé su atención hacia la enorme pila de confituras. Como un gesto de cortesía adicional, absorbió lentamente una uva.

Siegfried Sassoon, *The Weald of Youth*, 1942.

EL LLANTO

Entonces oyó el llanto. Eso lo despertó: un llanto suave, delgado, que quizá por delgado pudo traspasar la maraña del sueño, llegando hasta el lugar donde anidan los sobresaltos.

Se levantó despacio y vio la cara de una mujer recostada contra el marco de la puerta, oscurecida todavía por la noche, sollozando.

—¿Por qué lloras, mamá? —preguntó; pues en cuanto puso los pies en el suelo reconoció el rostro de su madre.

—Tu padre ha muerto —le dijo.

Juan Rulfo, *Pedro Páramo*, 1955.

EN LA FRONTERA DE DOS MUNDOS

Ver desde un ángulo invertido, sin embargo, no es un don que pertenezca exclusivamente a la imaginación humana. He llegado a pensar que, a su modo, los animales también lo tienen, aunque tal vez más raramente que el hombre. El momento debe ser adecuado; uno debe estar, por azar o intención, en la frontera de dos mundos. A veces esas fronteras se desplazan o interpenetran y uno ve lo milagroso. Una vez, observé que esto le ocurría a un cuervo.

Este cuervo vive cerca de mi casa, y aunque nunca le hice daño, se cuida de permanecer en los árboles más altos y, en general, esquiva a los seres humanos. Su mundo comienza aproximadamente en el límite de mi campo visual.

En la mañana en que ocurrió este episodio, todo el campo estaba envuelto en una de las nieblas más intensas habidas durante años. La visibilidad era absolutamente cero. Todos los aviones estaban en tierra, y hasta un peatón apenas podía ver su propia mano estirada.

Yo caminaba a tientas por el campo, en dirección a la estación ferroviaria, siguiendo un sendero de borrosos contornos. De pronto, saliendo de la niebla, aproximadamente al nivel de mis ojos y tan cerca que eché el cuerpo hacia atrás, aparecieron un par de enormes alas negras y un pico feroz. El pájaro se precipitó por encima de mi cabeza con un frenético graznido de un terror tan espantoso como no he vuelto a oír —y espero no volver a oír— en un cuervo.

Estaba perdido y espantado, pensé mientras recuperaba mi equilibrio. No debería estar volando en esa niebla: se rompería tontamente la cabeza.

Durante toda la tarde, sonó en mis oídos ese chillido torpe y penetrante. Un simple extravío en la niebla no parecía justificarlo, y menos en un rudo, viejo e inteligente bandido como —me consta— era ese cuervo. Incluso llegué a mirarme al espejo, para ver qué podía haber en mí que lo hubiera repelido tanto como para clamar en protesta al mismo cielo. Más tarde, mientras volvía a casa por el mismo sendero, se me ocurrió la solución; es raro que no la hubiera encontrado antes. Las fronteras de nuestros dos mundos se habían desplazado. La culpa la tenía la niebla. Ese cuervo —y yo lo conocía bien— en circunstancias normales jamás volaba tan bajo como para acercarse a los hombres. Se había extraviado, sí, pero era más que eso. Había pensado que volaba alto, y cuando me encontró asomando como un gigante en la bruma, percibió un espectáculo fantasmal y, para su mente de cuervo, antinatural. Había visto un hombre caminando por los aires, profanando el centro mismo del mundo de los cuervos, heraldo de la mayor calamidad que el cerebro de un cuervo podría concebir: hombres que andan por el aire. El encuentro, a su juicio, debió ocurrir a cien pies sobre las casas.

Ahora grazna por las mañanas cuando me ve salir hacia la estación, y en ese graznido creo percibir la incertidumbre de una mente que ha llegado a saber que las cosas no son siempre lo que parecen. Ha visto un prodigio de las alturas y ya no es como los otros cuervos.

Loren Eiseley, *The Immense Journey*, 1957.

LOS DUELISTAS

Los duelistas, distraídos en angustiosos pensamientos, no escuchan la voz de alto después de los doce reglamentarios pasos y siguen avanzando indefinidamente. El duelo se posterga pero no se suspende. Aunque finjan no reconocerse cuando se encuentren sin testigos, en las antípodas, la presencia de los padrinos los obligará a lavar su vergüenza cuando vuelvan a encontrarse en el campo del honor. Se traen vituallas, se instalan tiendas de campaña.

Ana María Shua, *Casa de geishas*, 1992.

EL QUE ACECHA

Mi espada hiende el aire. La herida se cuaja de goterones sangrientos. ¿He acertado por fin en el cuerpo del que acecha, enorme, del otro lado de la realidad? ¿Es la música de su muerte este vago rugido estertoroso, esta respiración gigante? ¿O es el aire mismo el que, partido en dos, agoniza?

Asoma por el tajo la hoja de otra duda, de otra espada.

Ana María Shua, *Botánica del caos*, 2000.

PUNTUALIDAD DE LOS FILÓSOFOS

El profesor Kant pasa por aquí todos los días exactamente a la misma hora. Usted escuchará este comentario en cada una de las calles del pueblo, con una curiosa coincidencia en las cifras. Se preguntará, entonces, cómo es posible que el profesor Kant pase por lugares tan alejados unos de otros, todos los días a la misma hora. Es que se trata de una hora faldera, domesticada, una hora que se ha encariñado de tal manera con el profesor que cuando Kant sale a dar su paseo, está dispuesta a abandonar la manada salvaje del tiempo para seguirlo por donde quiera que vaya.

Ana María Shua, *Botánica del caos*, 2000.

DUDA

Todos los lunes a las cuatro y media en punto de la tarde, yo llevaba a mi hijo Santiago al taller de Armindo Talas, para que lo retratara.* Cada vez que llevaba a Santiago al taller*, involuntariamente yo conseguía que se portara mal. No había otro pretexto para encerrarlo con llave. Armindo y yo sabíamos que nuestro goce duraría el tiempo de la penitencia. De ese modo eché a perder la educación de Santiago, que terminó por pedirme que lo pusiera en penitencia, a cada rato. El retrato se parecía cada vez menos al modelo. En vano indiqué a Armindo ciertas características de la cara de mi hijo: la boca de labios anchos, los ojos un poco oblicuos, el mentón prominente. Armindo no podía corregir esa cara. Tenía vida propia, ineludible. Una vez concluido el cuadro, pensamos que nuestra dicha también había concluido.

Volví a mi casa, aquel día, en un taxímetro, con Santiago, con el retrato y con una espina clavada en el hígado. Mi marido al ver el cuadro declaró que no lo pagaría. Sugerí que podía cambiarlo por una naturaleza muerta o un león parecido a los de Delos. Durante una semana el cuadro anduvo de silla en silla, para que lo vieran las visitas y la servidumbre. Nadie reconocía a Santiago, por más que Santiago se colocara junto al retrato. El cuadro terminó detrás de un ropero. Entonces quedé encinta. No fui víctima de malestares ni de fealdades, como la vez anterior. Comer, dormir, pasear al sol fueron mis únicas ocupaciones y algún furtivo encuentro con Armindo, que me abrazaba como a un almohadón. No podíamos amarnos sin Santiago en penitencia, en el altillo. Di a luz sin dolor.

Cuando mi hijo menor tuvo cinco años, durante una mudanza mi marido comprobó que era idéntico al retrato de Santiago. Colgó el cuadro en la sala.

Nunca sabré si ese retrato que tanto miré formó la imagen de aquel hijo futuro en mi familia o si Armindo pintó esa imagen a semejanza de su hijo, en mí.

Silvina Ocampo, *La furia*, 1959.

INICIACIÓN

La orfandad me empujó a los puertos. El olor del mar y del cáñamo humedecido, las velas lentas y rígidas que se alejan y se aproximan, las conversaciones de viejos marineros, perfume múltiple de especias y amontonamiento de mercaderías, prostitutas, alcohol y capitanes, sonido y movimiento: todo eso me acunó, fue mi casa, me dio una educación y me ayudó a crecer, ocupando el lugar, hasta donde llega mi memoria, de un padre y una madre. Mandadero de putas y marinos, changador, durmiendo de tanto en tanto en casa de unos parientes pero la mayor parte del tiempo sobre las bolsas en los depósitos, fui dejando atrás, poco a poco, mi infancia, hasta que un día una de las putas pagó mis servicios con un acoplamiento gratuito —el primero, en mi caso— y un marino, de vuelta de un mandado, premió mi diligencia con un trago de alcohol, y de ese modo me hice, como se dice, hombre.

Juan José Saer, *El entenado*, 1983.

INMINENCIA

En ese azul monótono, la travesía duró más de tres meses. A los pocos días de zarpar, nos internamos en un mar tórrido. Ahí fue donde empecé a percibir ese cielo ilimitado que nunca más se borraría de mi vida. El mar lo duplicaba: Las naves, una detrás de otra a distancia regular, parecían atravesar, lentas, el vacío de una inmensa esfera azulada que de noche se volvía negra, acribillada en la altura de puntos luminosos. No se veía un pez, un pájaro, una nube. Todo el mundo conocido reposaba sobre nuestros recuerdos. Nosotros éramos sus únicos garantes en ese medio liso y uniforme, de color azul. El sol atestiguaba día a día, regular, cierta alteridad, rojo en el horizonte, incandescente y amarillo en el cenit. Pero era poca realidad. Al cabo de varias semanas nos alcanzó el delirio: nuestra sola convicción y nuestros meros recuerdos no eran fundamento suficiente. Mar y cielo iban perdiendo nombre y sentido. Cuanto más rugosa era la soga o la madera en el interior de los barcos, más ásperas las velas, más espesos los cuerpos que deambulaban en cubierta, más problemática se volvía su presencia. Se hubiese dicho, por momentos, que no avanzábamos. Los tres barcos estaban, en fila irregular, a cierta distancia uno del otro, como pegados en el espacio azul. Había cambios de color, cuando el sol aparecía en el horizonte a nuestras espaldas y se hundía en el horizonte más allá de las proas inmóviles. El capitán contemplaba, desde el puente, como hechizado, esos cambios de color. A veces hubiésemos deseado, sin duda, la aparición de uno de esos monstruos marinos que llenaban la conversación en los puertos. Pero ningún monstruo apareció.

Juan José Saer, El entenado, 1983.

ARTESANÍA

Para la Navidad de ese año Julian regaló a Sissy una aldea tirolesa en miniatura. La artesanía era notable.

Había una diminuta catedral cuyas ventanas con vitraux hacían de los rayos de sol una ensalada de frutas. Había una plaza y un *Biergarten*. Los sábados por la noche el *Biergarten* se volvía muy ruidoso. Había una panadería con un eterno aroma a pan caliente y pastel. Había una municipalidad y una estación de policía, con secciones que revelaban a un mismo tiempo aspectos de la burocracia y la corrupción. Había tiroleses pequeñitos con pantalones cortos de cuero, de intrincadas costuras y, debajo de los pantalones, genitales de manufactura igualmente excelente. Había comercios de equipos de esquiar y muchas otras cosas interesantes, incluyendo un orfanato. El orfanato había sido designado especialmente para que se incendiase y quedase reducido a sus cimientos cada Nochebuena. Los huérfanos corrían entonces por la nieve con sus camisones en llamas. Terrible. En la segunda semana de enero, aproximadamente, llegaba un inspector y escarbaba entre las ruinas, murmurando: "Si sólo me hubiesen escuchado, esos niños estarían con vida hoy."

Tom Robbins, *Even Cowgirls Get the Blues*, 1976.

TRIPLE ESCARNIO

Un cabezón de esos que se meten por todos lados, oyó por casualidad que la quinta que fue del doctor Saponaro, en la calle Obarrio, había sido adquirida en el remate judicial por un patriota que terminaba de llegar de Bremen y que no podía tragar a los españoles, hasta el punto de haberse negado a la presidencia de la Cámara del Libro Argentino. Yo mismo cometí el denuedo de proponer que alguno de nosotros, emponchado en el manto diplomático, lo abordara en la propia madriguera, como quien dice, con la idea fija de sonsacarle una manito. Viera usted el desbande que se produjo. Para que la sociedad no se disolviera sobre tablas, el cabezón propuso que se tirara a la suerte quién sería el chivo emisario a quien le tocaría visitar la quinta y ser expulsado de la misma sin tan siquiera vislumbrar la silueta del dueño. Yo como los demás de la tribu dije que sí porque pensé que les tocaría a los demás de la tribu. Asómbrese: a Frogman, servidor, le dieron la pajita más corta de la escoba y tuve que apechugar con el sofocón, listo, eso sí,
a hacerme a un lao en la hueya
aunque vengan degoyando.

Hágase cargo del colapso de mi moral: unos decían que el doctor Le Fanu, que así se llamaba el patriota, no tenía lástima para el que se dejaba pisar; otros, que era el enemigo del tímido; otros, que era un enano de estatura inferior a la normal.

B. Suárez Lynch, *Un modelo para la muerte*, 1946.

INQUISICIÓN SUBMARINA, I

(Una mañana irlandesa, De Selby conduce a Hackett y Shaughnessy, sus amigos y discípulos, al fondo del mar, donde reciben la visita de San Agustín. El que interroga es De Selby.)

—Repito una pregunta ya formulada anteriormente: ¿es Judas un miembro de su secta?

—No creo que al Poliarca le gustara que me explayase mucho sobre Judas.

—A mí me interesa particularmente. El Evangelio exalta el amor y la justicia. Pedro niega a su Maestro a causa del orgullo, la vanidad y quizás el miedo. Judas hizo algo similar pero por un motivo comprensible. Pero Pedro está seco y a salvo en su casa. ¿Lo está Judas?

—Judas, estando muerto, es eterno.

—¿Pero dónde está?

—Los muertos no tienen dónde ni dondidad. Tienen condición.

—¿Conquistó Judas el paraíso?

—Pulchritudo tam antiqua et tam nova amavit.

—Usted era justo y prevaricó. Conteste sí o no a esta pregunta: ¿sufre de hemorroides?

—Sí. Ése es el motivo por el que me encarno con reserva y reticencia.

—¿Sufría Judas de una aflicción parecida?

—Usted no ha leído mis libros. Yo no construí la Ciudad de Dios. A lo sumo, he sido un humilde consejero, nunca el Alcalde de la ciudad. Si Judas ha muerto en olor de santidad es una cuestión para la que se requiere la concurrencia del Poliarca.

—De Quincey sostiene que Judas llevó a cabo su traición para provocar al Maestro a que convirtiera su divinidad en un hecho. ¿Qué piensa de esto?

—De Quincey consumía narcóticos también.

Flann O'Brien, *The Dalkey Archive*, 1964.

(La misma escena, muchas palabras después.)

—Cerca del año 372, cuando usted tenía dieciocho, adoptó el Maniqueísmo y no desechó ese extraño credo hasta diez años después. ¿Qué piensa ahora de la cosmología babilonia, el budismo y las teorías fantasmagóricas acerca de la oscuridad y la luz, el Elegido y los Oyentes, los mandamientos que previenen acerca del consumo de carne, las labores manuales, la relación con mujeres y del pronunciamiento de Mani acerca de que él mismo era el Paráclito?

—¿Por qué me pregunta ahora cuando mi tratado contra esta herejía fue escrito en el 394? Tan lejos como Mani atañe a esta cuestión, mi actitud puede ser comparada tal vez con la del rey de Persia en el año 376, quien ordenó que Mani fuera despellejado y crucificado luego.

—Debemos apurarnos.

—Sí. Se está quedando sin aire.

—Hay una cuestión más acerca de algo sobre lo que usted y aquellos que sobre usted han escrito no me ofrecieron nunca una iluminación. ¿Es usted negro?

—Soy romano.

—Sospecho que su nombre romano es una afectación o un disfraz. Usted es de linaje bereber, nacido en Numidia. Esas gentes no son blancas. Usted estaba más cerca de Cartago que de Roma, e incluso en su latín hay corrupciones púnicas.

—Civis romanus sum.

Flann O'Brien, *The Dalkey Archive*, 1964.

LA ESCRITURA AUTOMÁTICA DEL MUNDO

Una comunidad de monjes del Tibet lleva siglos transcribiendo esos nueve mil millones de nombres de Dios, al final de lo cual el mundo se completará y terminará. La tarea es molesta, y los monjes, fatigados, acuden a los técnicos de IBM, cuyos ordenadores hacen el trabajo en pocos meses. En cierto modo, la historia del mundo se completa en un tiempo real mediante la operación de lo virtual. Desgraciadamente, significa también la desaparición del mundo en tiempo real, pues, de repente, la promesa del final se cumple, y los asustados técnicos, que no se lo creían, ven, al bajar al valle, cómo las estrellas se van apagando una tras otra.

Jean Baudrillard, cita de un relato de Arthur Clarke
en *Le crime parfait*, 1995.

EL SIMURG

El remoto rey de los pájaros, el Simurg, deja caer en el centro de la China una pluma espléndida; los pájaros resuelven buscarlo, hartos de su antigua anarquía. Saben que el nombre de su rey quiere decir treinta pájaros; saben que su alcázar está en el Kaf, la montaña circular que rodea la tierra. Acometen la casi infinita aventura; superan siete valles, o mares; el nombre del penúltimo es Vértigo; el último se llama Aniquilación. Muchos peregrinos desertan; otros perecen. Treinta, purificados por los trabajos, pisan la montaña del Simurg. Lo contemplan al fin: perciben que ellos son el Simurg y que el Simurg es cada uno de ellos y todos.

Jorge Luis Borges, *Historia de la eternidad*, 1936.

REGRESSUS

Chuang Tzu (Waley: *Three Ways of Thought in Ancient China*, pág. 25) recurre al mismo interminable *regressus* contra los monistas que declaraban que las Diez Mil Cosas (el Universo) son una sola. Por lo pronto —arguye— la unidad cósmica y la declaración de esa unidad ya son dos cosas; esas dos y la declaración de su dualidad ya son tres; esas tres y la declaración de su trinidad ya son cuatro...

Jorge Luis Borges, *Otras inquisiciones*, 1952.

SIDDHARTHA

Siddhartha, el Bodhisattva, el pre-Buddha, es hijo de un gran rey, Suddhodana, de la estirpe del sol. La noche de su concepción, la madre sueña que en su lado derecho entra un elefante del color de la nieve y con seis colmillos. Los adivinos interpretan que su hijo reinará sobre el mundo o hará girar la rueda de la doctrina y enseñará a los hombres cómo librarse de la vida y la muerte. El rey prefiere que Siddhartha logre grandeza temporal y no eterna, y lo recluye en un palacio, del que han sido apartadas todas las cosas que pueden revelarle que es corruptible. Veintinueve años de ilusoria felicidad transcurren así, dedicados al goce de los sentidos, pero Siddhartha, una mañana, sale en su coche y ve con estupor a un hombre encorvado, "cuyo pelo no es como el de los otros, cuyo cuerpo no es como el de los otros", que se apoya en un bastón para caminar y cuya carne tiembla. Pregunta qué hombre es ése; el cochero explica que es un anciano y que todos los hombres de la tierra serán como él. Siddhartha, inquieto, da orden de volver inmediatamente pero en otra salida ve a un hombre que devora la fiebre, lleno de lepra y de úlceras; el cochero explica que es un enfermo y que nadie está exento de ese peligro. En otra salida ve a un hombre que llevan en un féretro, ese hombre inmóvil es un muerto, le explican, y morir es la ley de todo el que nace. En otra salida, la última, ve a un monje de las órdenes mendicantes que no desea ni morir ni vivir. La paz está en su cara; Siddhartha ha encontrado el camino.

Jorge Luis Borges, *Otras inquisiciones*, 1952.

UN AVIADOR IRLANDÉS PREVÉ SU MUERTE

Me encontrará la muerte
un día acá en lo alto.
Los que combato, yo no los odio;
los que defiendo, yo no los amo.
Kiltártan Cross, ésa es mi patria.
Los míos son aquellas pobres gentes.
Que ganen unos, a ellos ¿qué les va?
Que ganen otros, a ellos ¿qué les viene?
No lucho por deber, por ley, por un caudillo,
ni tras gloria ni clamor de multitudes.
Un solitario impulso de delicia
me trajo a este tumulto entre las nubes.
Y todo lo medí, lo pensé todo:
vi el porvenir, y era un vivir estéril,
y un estéril vivir eran los años ya pasados,
ante esta vida, ante esta muerte.

W. B. Yeats, *The Wild Swans at Coole*, 1919.

FAVORES

—No me dejes morir —le pedí yo, apenas rozándole la mano, y ella entonces me salvó.

Tiempo después, ella me pidió, apretándome la mano, que la matara, y yo, que soy agradecido, accedí.

Horacio de Azevedo, texto inédito, 1998.

BILINGÜISMO

...Pos ahora mismo vas a ver cómo me escacharro la cocorota.

E hizo, en efecto, ademán de poner en práctica la paparrucha.

Fernando Aramburu, *No ser no duele*, 1997.

SINCERIDAD

Había dieciocho camas alineadas junto a la pared, en un aposento oscuro. Yo ocupaba la quinta, empezando a contar por la izquierda. En esto se oyó una voz en la oscuridad que dijo: "Uno de ustedes ha dejado de existir. El resto puede levantarse. La cena está servida". Todos se levantaron sin demora de las camas, menos el que se hallaba a mi lado y yo. Le pregunté cuál de los dos sería el muerto. "No hay duda de que ya no vivo", susurró. Agradecí su sinceridad y me incorporé a la fila de los que salían.

Fernando Aramburu, *No ser no duele*, 1997.

MUJERES ELÉCTRICAS

Mucho más peligrosas, sin discusión alguna, resultan las mujeres eléctricas, y esto, por un simple motivo: las mujeres eléctricas operan a distancia. Insensiblemente, a través del tiempo y del espacio, nos van cargando como un acumulador, hasta que de pronto entramos en un contacto tan íntimo con ellas, que nos hospedan sus mismas ondulaciones y sus mismos parásitos.

Es inútil que nos aislemos como un anacoreta o como un piano. Los pantalones de amianto y los pararrayos testiculares son iguales a cero. Nuestra carne adquiere, poco a poco, propiedades de imán. Las tachuelas, los alfileres, los culos de botella que perforan nuestra epidermis, nos emparentan con esos fetiches africanos acribillados de hierros enmohecidos. Progresivamente, las descargas que ponen a prueba nuestros nervios de alta tensión, nos galvanizan desde el occipucio hasta las uñas de los pies. En todo instante se nos escapan por los poros centenares de chispas que nos obligan a vivir en pelotas. Hasta que el día menos pensado, la mujer que nos electriza intensifica tanto sus descargas sexuales, que termina por electrocutarnos

125

en un espasmo, lleno de interrupciones y de corto-
circuitos.

Oliverio Girondo, *Espantapájaros*, 1932.

FRANCISCO DE ALDANA:

No olvide usted, señora, la noche en que nuestras almas lucharon cuerpo a cuerpo.

ÁGRAFA MUSULMANA EN PAPIRO DE OXYRRINCO

Estabas a ras de tierra y no te vi. Tuve que cavar
hasta el fondo de mí para encontrarte.

Juan José Arreola, *Palíndroma*, 1971.

EL RINOCERONTE

Durante diez años luché con un rinoceronte; soy la esposa divorciada del juez McBride. Joshua McBride me poseyó durante diez años con imperioso egoísmo. Conocí sus arrebatos de furor, su ternura momentánea, y en las altas horas de la noche, su lujuria insistente y ceremoniosa.

Renuncié al amor antes de saber lo que era, porque Joshua McBride me demostró con alegatos judiciales que el amor sólo es un cuento que sirve para entretener a las criadas. Me ofreció en cambio su protección de hombre respetable. La protección de un hombre respetable es, según Joshua, la máxima ambición de toda mujer.

Diez años luché cuerpo a cuerpo con el rinoceronte, y mi único triunfo consistió en arrastrarlo al divorcio.

Joshua McBride se ha casado de nuevo, pero esta vez se equivocó en su elección. Buscando otra Elinor, fue a dar con la horma de su zapato. Pamela es romántica y dulce, pero sabe el secreto que ayuda a vencer a los rinocerontes. Joshua McBride ataca de frente, pero no puede volverse con rapidez. Cuando alguien se coloca de pronto a su espalda, tiene que girar en redondo para volver a atacar. Pamela lo ha cogido de la cola, y no lo suelta, y lo zarandea. De tanto girar en redondo, el juez comienza a dar muestras de fatiga, cede y se ablanda. Se ha vuelto más lento y opaco en sus furores; sus prédicas pierden veracidad, como en labios de un actor desconcertado. Su cólera no sale ya a la superficie. Es como un volcán subterráneo, con Pamela sentada encima, sonriente. Con Joshua, yo naufragaba en el mar; Pamela flota como un barquito de papel en una palangana. Es hija de un pastor prudente y vegetariano que le enseñó la manera de lograr que los tigres se vuelvan también vegetarianos y prudentes.

Hace poco vi a Joshua en la iglesia, oyendo devotamente los oficios dominicales. Está como enjuto y comprimido. Tal parece que Pamela, con sus dos manos frágiles, ha estado reduciendo su volumen y le ha ido doblando el espinazo. Su palidez de vegetariano le da un suave aspecto de enfermo.

Las personas que visitan a los McBride me cuentan cosas sorprendentes. Hablan de unas comidas incomprensibles, de almuerzos y cenas sin rosbif. Naturalmente, de tales alimentos no puede extraer las calorías que daban auge a sus antiguas cóleras. Sus platos favoritos han sido metódicamente alterados o suprimidos por implacables y adustas cocineras. El patagrás y el gorgonzola no envuelven ya el roble ahumado del comedor en su untuosa pestilencia. Han sido reemplazados por insípidas cremas y quesos inodoros que Joshua come en silencio como un niño castigado. Pamela, siempre amable y sonriente, apaga el habano de Joshua a la mitad, raciona el tabaco de su pipa y restringe su whisky.

Esto es lo que me cuentan. Me place imaginarlos a los dos solos, cenando en la mesa angosta y larga, bajo la luz fría de los candelabros. Vigilado por la sabia Pamela, Joshua el glotón absorbe colérico sus livianos manjares. Pero sobre todo me gusta imaginar al rinoceronte en pantuflas, con el gran cuerpo informe bajo la bata, llamando en altas horas de la noche, tímido y persistente, ante una puerta obstinada.

Juan José Arreola, *Confabulario*, 1952.

ALLÁ ELLOS

Llegaban tarde. Empezó siendo algo casual y se les hizo costumbre. Se dirigían al lugar donde hubiera más gente y se quedaban averiguando. Tomaban partido por una u otra causa. Resultaba fácil inventar o enfatizar rivalidades, ganarse la confianza de quienes estuvieran dispuestos a perderla, cambiar de bando a último momento. Ellos sabían, o habían aprendido, que las adhesiones y los rechazos súbitos, casi involuntarios, son la única prevención contra la rutina de la adversidad.

En esos tiempos, por esos parajes, había pocas mujeres. "Si no hay mujeres", decían ellos, "puede haber justicia". Pero parecían menos interesados en restablecerla que en evitar la tragedia. Nadie supo nunca cuántos eran.

Durante años hicieron lo mismo, prófugos de la despedida: fueron de aquí para allá sin quedarse más de una semana en ningún lado. Cuando se iban —imitándolos, como recién instruidos— una amistad o un acreedor llegaba tarde al andén.

En el andén de otro pueblo ellos se arrepentían. La noche es siempre una cuestión de espera, escarnecida y despectiva. La violencia les llevaba su tiempo, eso sí. Si había mujeres, el día siguiente duraba mucho más.

Biruté Aurigón, *Isla de soslayo*, 1974.

MARIPOSA

La mariposa es un animal instantáneo inventado
por los chinos.

Salvador Elizondo,
El retrato de Zoe y otras mentiras, 1969.

NERVIOS

Durante mucho tiempo, entre la más alta sociedad, la función de trinchar [las aves]* la realizaba el dueño de casa, quien hacía una cuestión de honor en saber cortarlas y presentarlas en forma irreprochable.*

Posiblemente nosotros no volvamos a ver que un alto personaje la realice en el transcurso de una gran comida, como lo hacía en forma admirable el rey Luis Felipe, ante los ojos maravillados de sus invitados.

Todo esto se ha ido simplificando para evitar no sólo a la dueña de casa sino también a los comensales la tensión nerviosa ante las dificultades que la tarea supone.

Petrona C. de Gandulfo,
El libro de Doña Petrona, 1976.

LA CONFESIÓN

En la primavera de 1232, cerca de Avignon, el caballero Gontran D'Orville mató por la espalda al odiado conde Geoffroy, señor del lugar. Inmediatamente confesó que había vengado una ofensa, pues su mujer lo engañaba con el conde.

Lo sentenciaron a morir decapitado, y diez minutos antes de la ejecución le permitieron recibir a su mujer en la celda.

—¿Por qué mentiste? —preguntó Giselle D'Orville—. ¿Por qué me llenas de vergüenza?

—Porque soy débil —repuso—. De este modo me cortarán la cabeza, simplemente. Si hubiera confesado que lo maté porque era un tirano, primero me torturarían.

Manuel Peyrou, en
Cuentos breves y extraordinarios (Antología), 1957.

DE LA EDUCACIÓN FILIAL

La señora de Sei, que había enviudado muy joven, adoraba a sus hijos y no permitió que nadie, excepto ella, se pusiera en contacto con los mismos hasta que llegaran a la pubertad. Cuando los hijos de la señora de Sei llegaron a la pubertad, el mayor se hizo monje anacoreta, el segundo entomólogo y la hija menor fue a dar, luego de ciertos hechos que no vienen al caso, a un burdel donde concedió sus favores sólo a monjes anacoretas y entomólogos.

Rodolfo Modern, *El libro del Señor de Wu*, 1980.

EFECTOS DE LA FALTA DE SUEÑO

"Daría mis riquezas a cambio de poder dormir bien todas las noches", dijo el opulento comerciante Huan, que padecía insomnio. "Y yo —contestó el mendigo Sung— preferiría ser rico a tener que soñarlo todas las noches".

Rodolfo Modern, *El libro del Señor de Wu*, 1980.

DOS SOBREVIVIENTES

1

Una mujer está sentada sola en una casa. Sabe que no hay nadie más en el mundo: todos los otros seres han muerto. Golpean a la puerta.

Thomas Bailey Aldrich, *Works*, 1912.

2

Está solo. Es el único que queda sobre la Tierra. Lo sabe y esa verdad le atosiga el alma: cree que su destino es atroz. Ignora, sin embargo, que el destino le reserva una verdad aun más horrenda. En efecto, buscando víveres entre las ruinas de la ciudad descubre un espejo. El espejo no lo refleja.

Miguel Bonilla López, revista *El Cuento*, 1991.

CUENTO ZEN

El duque Mu de Chin dijo a Po Lo: "Ya estás cargado de años. ¿Hay algún miembro de tu familia a quien pueda encomendarle que me busque caballos?" Po Lo respondió: "Un buen caballo puede ser elegido por su estructura general y su apariencia. Pero el mejor caballo, el que no levanta polvo ni deja huellas, es en cierto modo evanescente y fugaz, esquivo como el aire sutil. El talento de mis hijos es de nivel inferior; cuando ven caballos pueden señalar a uno bueno, pero no al mejor. No obstante, tengo un amigo, un tal Chiu-fang Kao, vendedor de vegetales y combustible, que en cosas de caballos no es en modo alguno inferior a mí. Te ruego que lo veas".

El duque Mu así lo hizo y después lo envió en busca de un corcel. Tres meses más tarde volvió con la noticia de que había encontrado uno. "Ahora está en Sach'iu", añadió. "¿Qué clase de caballo es?", preguntó el duque. "Oh, es una yegua baya", fue la respuesta. ¡Pero alguien fue a buscarlo, y el animal resultó ser un padrillo renegrido! Muy disgustado, el duque mandó a buscar a Po Lo. "Ese amigo tuyo —dijo— a quien le encargué que me buscara un caballo, se ha hecho un buen lío. ¡Ni siquiera sabe distinguir el color o el sexo de un animal! ¿Qué diablos puede saber de caballos?" Po Lo lanzó un profundo suspiro de satisfacción. "¿Ha llegado realmente tan lejos? —exclamó—. Ah, entonces vale diez mil veces más que yo. No hay comparación entre nosotros. Lo que Kao tiene en cuenta es el mecanismo espiritual. Se asegura de lo esencial y olvida los detalles triviales; atento a las cualidades interiores, pierde de vista las exteriores. Ve lo que quiere ver y no lo que no quiere ver. Mira las cosas que debe mirar y descuida las que no es necesario mirar. Kao es un juez tan perspicaz en materia de caballos, que puede juzgar de algo más que de caballos."

Cuando el caballo llegó, resultó ser un animal superior.

J. D. Salinger,
Raise High the Roof Beam, Carpenters, 1955.

EL LABERINTO DE LOS ANCIANOS

Cerró los ojos y fue bajando entre raíces.

—Esto es la continuación de aquello —dijo el otro anciano que lo llevaba de la mano.

Las palabras se golpeaban unas contra otras. Él y el que lo llevaba de la mano —una mano fría y la otra mano helada— no oían más que el eco.

Iban bajando.

—Me acuerdo —dijo el que lo llevaba de la mano (tenía deseos de hablar, de comunicarse, de oírse)—. Una tarde, recuerdo... (Quería contar la mano helada.) ¿Me escucha?

Otra vez el eco. Las palabras golpeándose unas contra otras. Goteaban las paredes. Era una lluvia hueca. Se filtraba en las piedras.

—Mire abajo.

Y vio un largo corredor que continuaba. La mano de otro anciano lo estaba esperando.

Debía seguir descendiendo.

—¿Hasta cuándo? —preguntó.

—No sé. Esto es la continuación de aquello —respondió la otra mano.

Y siguieron bajando entre paredes cada vez más juntas.

Javier Villafañe, *Los ancianos y las apuestas*, 1990.

DESENCUENTRO DE DOS ANCIANOS

Una anciana caminaba durante todo el día y un anciano caminaba durante toda la noche. Nunca se encontraron. Es lógico. La anciana caminaba de día y el anciano caminaba de noche. Ella tenía los ojos del color de los árboles. Él tenía la nariz aguileña y un bastón. Los dos tenían los mismos pájaros en distintas jaulas. Los dos eran viudos. Ella vio morir a su marido una tarde del mes de mayo. Él vio morir a su mujer una mañana del mes de agosto. Los dos tenían sobrinos que jugaban al ajedrez. Pero, ¿cómo pueden encontrarse en la ciudad de Buenos Aires, entre tantos millones de habitantes, una anciana que camina de día y un anciano que camina de noche?

Javier Villafañe, *Los ancianos y las apuestas*, 1990.

EL QUE SIGUE

La sala de espera estaba vacía. Tenía suerte: no iba a perder mucho tiempo. Caminó rápido hasta el único sillón. Al sentarse, le pareció notar algo en el asiento y se levantó. No había nada, el cansancio le hacía imaginarse cosas. Se sentó nuevamente. Cerró los ojos e intentó descansar. Los almohadones eran más mullidos de lo que parecían. Tal vez por eso, recordó cuando era chico e iba a nadar al río. Revivió el placer de sumergirse. El sillón se acomodaba cada vez más a su cuerpo. De pronto, escuchó voces. Alguien vendría a interrumpir su reposo. Abrió los ojos y trató de incorporarse. No pudo. La vista se le fue nublando. Se aferró al apoyabrazos pero supo que era inútil. Ya sin aire, dio un instintivo manotón de ahogado. Desde el fondo del sillón, lo último que percibió fue cómo otro, el próximo, se sentaba sobre el extremo de su mano derecha que apenas sobresalía.

Juan Sabia, *El jardín desnudo*, 1999.

MÉTODO

Se mantiene informado sobre los acontecimientos, particularmente de lo que sucede en el
mundo del arte. Lo hace leyendo revistas, visitan-
do galerías y talleres, contestando el teléfono, hablando con amigos. Si le llaman la atención sobre
un libro que tiene motivos para creer que será interesante, lo consigue y lo lee (Wittgenstein,
Nabokov, McLuhan). Si se da cuenta de que algún
otro ha tenido una de sus ideas antes que él, toma
nota mental o materialmente para no llevar adelante su proyecto. (Por otra parte, basta el comentario casual de un amigo para cambiar una pintura
en lo esencial.) Hay varias maneras de mejorar el
juego de ajedrez. Una es retroceder cuando resulta
claro que una movida estaba equivocada. Otra es
aceptar las consecuencias, aunque sean devastado-
ras. Johns escoge la segunda aun cuando se le ofrece la posibilidad de hacer lo primero. Pongamos
que tiene un desacuerdo con los demás: examina la
situación y llega a una decisión que le parece justa.
Entonces sigue adelante: si resulta un callejón sin
salida, entonces acepta que se trata de un callejón
sin salida. Cuando todo lo demás falla (ya ha teni-

do la precaución de prepararse para el caso) hace
una obra de arte sin quejas.

John Cage (sobre Jasper Johns),
A Year from Monday, 1967.

DESENGAÑO

En Ann Arbor con Alexander Smith, le dije que una de las cosas que me gustaban de la botánica era que estaba libre del egoísmo y los celos que son la plaga del arte, y que, aunque sólo fuera por esa razón, daría la vida por vivirla de nuevo como botánico en vez de como músico. Él dijo: "Eso demuestra lo poco que sabes de botánica". Más tarde, mencioné por casualidad en la conversación el nombre de un micólogo que estaba vinculado con otra universidad del Medio Oeste. En tono agrio Smith me dijo: "No pronuncies ese nombre en mi casa".

John Cage, *A Year from Monday*, 1967.

MI PADRE

En la playa de Melilla, un hombre enterraba mis
pies en la arena. Recuerdo sus manos sobre mis piernas. Yo tenía tres años. Mientras brillaba el sol, el
corazón y el diamante estallaron en innumerables
gotas de agua.

A menudo me preguntan qué es lo que más influ-
yó en mí, qué es lo que admiro más. Entonces, olvidando a Kafka y Lewis Carroll, el terrible paisaje y el
palacio infinito, olvidando a Gracián y Dostoiewsky,
a los confines del universo y el sueño maldito, respon-
do que es un ser del que no logro sino recordar sus
manos sobre mis pies de niño: mi padre.

Durante años he recorrido España en busca de
sus cartas, de sus cuadros, de sus dibujos. Mi padre
pintaba, y cada una de sus obras despierta en mí
universos de silencio y de gritos que son atravesados
por cien mil caballos cubiertos de lágrimas.

La guerra civil empezó en Melilla el 17 de julio y
mi padre, Fernando Arrabal Ruiz, fue detenido dos
horas más tarde en su domicilio y condenado a
muerte por "rebelión militar". A veces, cuando pien-
so en él, la naranja y el cielo, el eco y la música se
visten de arpillera y púrpura.

Nueve meses más tarde la pena fue conmutada a treinta años y un día de cárcel. Pero sólo recuerdo de él sus manos sobre mis piececitos de niño, enterrados en la arena de la playa de Melilla. Y cuando lo llamo, el silencio se inunda de alas y escaleras de hierro.

Deambuló por las prisiones de Melilla, Ceuta, Ciudad Rodrigo y Burgos. En Ceuta trató de suicidarse abriéndose las venas: aún hoy, siento correr su sangre húmeda sobre mi espalda desnuda.

El 4 de noviembre de 1941, al parecer afectado de "perturbaciones mentales", fue trasladado de la Prisión Central de Burgos al asilo del Hospital Provincial de esa ciudad. Cincuenta y cuatro días después se fugaba y desaparecía... para siempre. En mis peregrinaciones di con sus guardias, con sus enfermeros, con su médico, pero sólo puedo imaginar su voz y la expresión de su rostro.

El día en que desapareció había un metro de nieve en Burgos, y los archivos indican que mi padre carecía de documentos de identidad y que su única vestimenta era un pijama. Pero he viajado con él —en la imaginación—, tomados de la mano, por senderos y galaxias, acariciando fieras inexistentes, bebiendo en arroyos y pozos de agua dulce en la arena.

Mi padre, que era "rojo", había nacido en Córdoba en 1903. Su vida, hasta que desapareció, fue una de las más dolorosas que conozco. Me complace pensar que tengo las mismas ideas artísticas y políticas que él. Como él, canto la emoción temblorosa, los espejos que surcan el mar y el delirio.

En mi propia casa, en filigrana, la contienda general estaba presente. En el álbum de fotografías faltaban las suyas; o bien, en las fotos de grupos, su imagen había sido recortada. Pero la calumnia, el silencio, el fuego y las tijeras no apagaron la voz de la sangre, que vence las montañas y me empapa de luz y de linfa.

¡Qué emoción sentiría si alguien me diera noticias de él! Si me dijese: "Fui su compañero de celda, o de estudios, o de juegos. Era así o de esta otra manera; le gustaba tal cosa o tal otra". Lo imagino en el centro de un calidoscopio, iluminando mis pesares y mis inspiraciones.

Se me explica que hay quienes quieren hacerme "pagar la deuda" (!) por no haber renegado de mi padre, bajo la forma de censuras y prohibiciones. ¡Desgraciados aquellos cuyo corazón alienta todavía el espíritu de guerra y de violencia!

Yo tiendo una mano fraterna a todos los que, al margen de ideas y tendencias, se oponen a la opresión y la injusticia. Él, sin duda, habría dicho lo mismo, ese hombre de quien sólo recuerdo las manos, mientras enterraba mis piececitos en la arena de la playa de Melilla.

Fernando Arrabal, revista *Crisis*, 1973.

AL CAER EL DÍA

Ya está del todo en la noche.
Ha cesado el clamor de mi amada ciudad, y mi
[dedo dejó de volver
las páginas. Las pequeñas plumas del Tiempo se
[posan sobre mis párpados.

Hago girar la llave, y me apoyo en la oscuridad,
[como si fuera el
pecho de mi madre. Silenciosamente, me
[incorporo a la espesa oscuridad.
Por un instante abandono a algún otro la forma
[que me fue dada...

Ese instante, como el fin de una vida, me hace
[crecer, de pronto,
inmenso, inmenso. Y entonces, con lentitud,
[empiezo a circundar
la totalidad del globo.

Takenaka Iku, revista *Sur*, 1957.

PASIÓN

El hombre, con los brazos abiertos delante de la puerta, le obstaculizaba el paso. Ella no pudo evitar una sonrisa, pese a todo.

—Pareces un Cristo.

—No te vas.

—Volveré en unos días.

—¿Está aquí de nuevo, verdad?

—¿Para qué lo preguntas?

—No te vayas.

—Déjame salir.

—¿Esto va a durar toda la vida?

—No lo sé.

El hombre se apartó, cruzó junto a ella evitando rozarla, se sirvió un trago y se hundió en un sillón, derramándose encima la bebida, mientras la puerta se cerraba. Se levantó de inmediato, fue hasta la ventana: sólo entonces se dio cuenta de que llovía.

—Se va a mojar —dijo, en voz muy baja.

Julio Miranda, diario *El Universal*, Caracas, 1998.

RUIDO

Las ventanas temblaron. Las puertas temblaron. Hasta las paredes parecieron temblar. Llevaban un par de años en aquella casa junto al aeropuerto, pero él no acababa de acostumbrarse. El ruido del avión lo envolvió todo, absorbiendo el estallido del vaso al caer al suelo. Él había comenzado a hablar: "¿Te das cuenta de que...". Ella hizo un gesto, como indicando que esperara, y salió a buscar algo. A su vuelta, él completó la frase: "...el estruendo lo oímos siempre por la derecha, aunque los aviones aterrizan por la izquierda?". No era lo que pensaba decir. Ella, recogiendo los fragmentos del vaso y secando la bebida, lo miró. No era lo que pensaba escuchar. "Sí, respondió, es extraño".

Julio Miranda, diario *El Universal*, Caracas, 1998.

TRIUNFO SOCIAL

El criado me entregó el sobretodo y el sombrero y, como en un halo de íntima complacencia, salí a la noche.

"Una deliciosa velada", pensé, "la gente más agradable. Lo que dije sobre las finanzas y la filosofía los impresionó; y cómo se rieron cuando imité el gruñido del cerdo". Pero, poco después, "Dios mío, es horrible", murmuré, "¡Quisiera estar muerto!".

Logan Pearsall Smith, *Trivia*, 1918.

¿ES VERDAD?

Pero en algunos momentos ciertas maneras de hablar de Albertina me hacían suponer —no sé por qué— que, en su vida, todavía tan corta, había debido de recibir muchos cumplidos, muchas declaraciones, y que los había recibido con placer, es decir, con sensualidad. A propósito de cualquier cosa, decía: "¿Es verdad?, ¿de veras?" Claro que si hubiera dicho como una Odette: "¿Es verdad esa mentira tan gorda?", no me habría preocupado, pues la misma ridiculez de la forma se habría explicado por una estúpida trivialidad mental de mujer. Pero su tono interrogador: "¿Es verdad?", causaba, por una parte, la extraña impresión de una criatura que no puede darse cuenta de las cosas por sí misma, que apela a nuestro testimonio como si ella no tuviera las mismas facultades que nosotros (si le decían: "Hace una hora que salimos", o: "Está lloviendo", preguntaba: "¿Es verdad?") Desgraciadamente, además, esta falta de facilidad para darse cuenta por sí misma de los fenómenos exteriores no debía de ser el verdadero origen de sus "¿Es verdad?, ¿de veras?" Más bien parecía que estas palabras fueran, desde su nubilidad precoz, respuestas a: "No he conocido nunca a una persona tan bonita como tú", "estoy enamoradísimo de ti, me encuentro en un estado de excitación terrible". Afirmaciones a las cuales contestaba, con una modestia coquetamente consentidora, con aquellos "¿Es verdad?, ¿de veras?", que conmigo ya no le servían a Albertina más que para contestar con una pregunta a una afirmación como: "Te has quedado dormida más de una hora. —¿De veras?"

Marcel Proust, *La prisionnière,*
A la recherche du temps perdu, 1919-27.

MEDIDAS DE TIEMPO

Cuántas veces, fumando un cigarrillo, he decidido la suerte de un hombre, piensa Ubico, aspirando la primera bocanada de la mañana. Mira con gesto displicente al prisionero, que espera tenso frente al pelotón. Qué pensará él en este momento, se pregunta el dictador, golpeando con el meñique el cigarrillo para dejar caer la pavesa. Cuánto tarda el tabaco, piensa el prisionero.

Juan Armando Epple, *Con tinta sangre*, 1999.

RETÓRICA

Fräulein Umlaut cierra la puerta y busca a plena luz del día las miniaturas de oscuridad que los peligros de la noche atesoraban.

Nicasio Urlihrt, *El traicionado*, 1969.

CRONOSCOPÍA

Nadie había diagnosticado cuando lo internaron de urgencia. El beso de la enfermera en la frente fue una pista falsa, porque ella tampoco lo conocía. En el quirófano, el doctor Milius decidió hacerle al paciente una incisión justo sobre la ceja izquierda. Salió sangre a borbotones. De ese flujo pudo extraer una cápsula firme y pequeña, aparentemente incolora. El microscopio reveló que era una línea de puntos vuelta ovillo por la velocidad de una fuerza centrípeta. Los puntos, de distintos colores, viraban al rojo al menor descuido. La diminuta hueva pasó de mano en mano, de laboratorio en laboratorio, hasta que el doctor Cravan descubrió que era una célula de tiempo fósil, incorporada al cuerpo de la víctima (al humor vítreo, creía) en una colisión de tiempo real y tiempo subjetivo.

Nicasio Urlihrt, *Fila india*, 1974.

DIÁLOGO

—¿Religión? Ah, sí. Ya habrá otra vez algo interesante. Cuando me siento con humor, creo que podría demostrar tanto que dos por dos son cinco, como que sólo puede haber un Dios.

Beineberg miró a Törless burlonamente.

—Estás chistoso —dijo—. Me parece casi como si la idea te diera hasta placer. Por lo menos te relumbran los ojos, llenos de entusiasmo.

—¿Por qué no? ¿No es divertido? Siempre hay un punto en el que ya no sabemos si mentimos o si la conclusión a que hemos llegado es más verdadera que nosotros mismos.

—¿Cómo dices?

Robert Musil,
Die Verwirrungen des Zöglings Törless, 1906.

ARMONÍA

Creo que un muchacho de diecinueve años y una mujer de —seamos francos— cuarenta y uno, creo que concuerdan perfectamente desde el punto de vista sexual. Sí, es mi opinión sincera. Representan una forma de culminación. Ese muchacho puede tener cuatro o cinco orgasmos seguidos, pero también puede tenerlos una mujer de edad madura... si se le ofrece la oportunidad. El hombre de edad madura, con todas sus rutinas y sus disculpas, es quien determina que la mujer se sienta inapropiada. Reconozco que para un muchacho el sexo generalmente es deprimente, porque siente que está ensayando con una joven de su edad, ¿y qué puede ser más aburrido? "Me duele, Jim, y apúrate, ¿qué pasará si mis padres lo descubren?" Lo que digo, y no creo que deba avergonzarme de ello, es que Mark y yo concordábamos bien, no a pesar de nuestras respectivas edades, sino al contrario, al contrario. Era como entrenar a un campeón. Sé que tengo edad suficiente para ser su madre, pero de eso se trata precisamente. La relación de edad no es insignificante. No te rías, el muchacho de cierta edad y su madre serían los mejores amantes...

Paul Theroux, *The Consul's File*, 1972.

160

HUMOR DE MACEDONIO

He observado en el campo, varias veces, la lucha de la avispa contra la araña: la avispa hunde un flechazo en el cuerpo de la araña con una velocidad extraordinaria, que creo será de 70 a 80 km por hora.

Muchas lluvias caen al año en Buenos Aires, pero como casi ninguna figura en el Pronóstico Meteorológico, no mojan.

No era que fuera feo, sino que la cara le quedaba mal a la fisonomía.

Hombre en escalera no vale una pera. (Casi proverbio de mi invención.)

Apenas murió mi esposo enviudé sin vacilar.

Los gauchos, antes, cuando oían y veían conversar animadamente en alemán o inglés a extranjeros, decían: "Se ve cómo les gustaría hablar".

El agente de policía que no pudiendo salvar a

un bañista que se ahogaba se llevó preso al mar era
un guardián del orden que se tomaba en serio.

Macedonio Fernández, *Todo y Nada*, 1995.

LA ESQUINA QUE SE FUE TRAS EL COMPADRITO

Las esquinas son tan sensibles a las "señas", y las señas del Compadrito Divino son tan gráciles, que un día una esquina seguirá casadamente a: el Compadrito Divino; y andando éste la ciudad se destejerá entera tras esa Esquina genialmente enamorada de la Gracia Maleva.

Macedonio Fernández, *Todo y Nada*, 1995.

CÓMO COMPORTARSE EN NO-SER

Lo primero para un ejercicio completo del no-ser está en trabajar en silencio en cosas útiles para la humanidad; lograr verdades y decirlas. Quien observe esto durante muchos años aun no tendrá ninguna otra fatiga para conseguir que nadie crea que ha existido.

Macedonio Fernández, *Todo y Nada*, 1995.

SÍNTESIS CARTOGRÁFICA

Los cuatro puntos cardinales
son tres: el norte y el sur.

Vicente Huidobro, *Altazor*, 1931.

LA FOTOGENIA DEL FANTASMA

Los fantasmas, acomodándose a las nuevas circunstancias, empiezan a aficionarse a la mecánica. En el domicilio del marqués de Ely, en Hove, cerca de Brighton, Londres, ha hecho su misteriosa aparición un fantasma que no es tan misterioso por ser fantasma como por ser un fantasma exclusivamente fotogénico. En su departamento particular, el joven marqués —25 años— tomó con luz artificial la fotografía de una amiga, convencido de que estaba solo con ella. Pero la fotografía reveló que el marqués se equivocaba: además de ellos había un fantasma en la habitación. Un fantasma que nadie ha conocido personalmente sino en fotografía, y que por consiguiente nadie puede decir cómo es en realidad, pues no hay testimonio de que el conflictivo, original y modernizado espectro sea igual o por lo menos parecido a sus retratos.

Gabriel García Márquez, diario *El Espectador*,
Bogotá, junio de 1955.

UNIÓN EXCELSA

Ante la evidencia de su gravidez, una admiradora de Ben Jonson confesó su unión con el espíritu santo. Aseguró que su hijo sería mitad ángel y mitad humano. En efecto, dio a luz un ángel que carecía de alas y que, en lo demás, no difería nada de un chico común y corriente.

Zika Szakonyl, *Serendipitious Soul*, 1948.

LA CEREZA

La mujer apareció. En la frente tenía una cereza roja, como un sello. ¿Cuál era el secreto de su antojo? Llegaba acompañada de su madre.

La muchacha se inclinó para saludarme; respetuoso delante de su madre, besé la cereza de su frente y como a un helado le pasé la lengua; entonces empecé a sentir los síntomas de la alergia. El cuerpo se me llenaba de manchas, parecía un leopardo; era un leopardo. Caminaba en cuatro patas y rugía. Saltaba como un leopardo y, sobre todo, pensaba como un leopardo. Pero había un inconveniente: cuando ella se cansaba de mis piruetas, sin decir una palabra, se iba y entonces mis manchas desaparecían, dependían de su cereza y yo no podía tener mis propias manchas. Ella se paseaba oronda ostentando su roja cereza, se acercaba a la puerta y mi piel empalidecía; regresaba, y mi cuerpo se colmaba de colores. Mi vida pendía de la cereza que estaba en la frente de una mujer, voluble, que tenía sus ocupaciones. Y comencé a sentir temor porque las manchas, las manchitas, me gustaban. ¿Cómo contarle a ella mi secreto sin que decidiera usar su poder sobre mí? Sin que se le ocurriera, un día, cubrirse el antojo con una curita o tratar de ocultar la cereza detrás de un velo.

Cuando ella sonreía, la madre, que era muy vergonzosa, se retiraba sigilosamente.

Luis Gusmán, *Brillos*, 1975.

EL CEPO

El hombre miró el cepo y brilló su mirada. Los agujeros se transformaban en insinuantes orificios en madero horadado para el placer del cuerpo. Acarició la madera, los vacíos contornos del sufrimiento. Sus carnes se doblaban en ese espacio de muerte. Metió la pierna en la abertura y sintió la inmensidad del sol quemante, padeció los delirios de la sed. Se imaginó un gaucho de campaña acusado de robar ganado ajeno; acaso un abigeo. Un reo estaqueado por impagas deserciones. Espejismos en los cuales cuerpos desnudos se bañaban en un oasis disfrutando del agua que él, sediento, reclamaba. Vestía un traje de color azul marino que solía usar para las delaciones menores.

Luis Gusmán, *Brillos*, 1975.

LA REALIDAD Y LOS ESTETAS

Hace un tiempo se filmaba una película de pieles rojas en Tennessee y tres indios cherokees se presentaron como extras; los que procedían a la selección observaron que, aun disfrazados de pieles rojas, estos extras no se parecían lo suficiente a la figura ideal que el público se ha hecho de los indios. En cambio andaban muy bien para el papel de los British Redcoats (soldados de Su Majestad británica). Anécdota banal pero verídica, ya prevista por Henry James en su relato "The Real Thing", la historia de un pintor obligado a tomar una pareja de italianos como modelos de ciertas ilustraciones de nobles ingleses porque los verdaderos aristócratas que querían posar para él no le daban la sensación de que fueran reales. Esta perversa relación entre la realidad y el arte, que siempre quieren tocarse pero que cuando se tocan se destruyen, bastaría por sí sola para justificar una estética.

Un esteta puro es ese personaje de Moravia, "El curioso", que adora levantarse de la cama, incluso cuando hace frío, para mirar por la puerta entreabierta a una persona que pasa por el corredor. Sabe quién es esa persona, sabe qué hará, sabe que terminará simplemente desapareciendo detrás de otra puerta, pero nada para él es más delicioso que ese fragmento, encuadrado por una hendidura o por el ojo de una cerradura, de una realidad resplandeciente, inviolada por su presencia, no contaminada por ningún interés o deseo. También Tchaikovski confiesa en su diario que transcurre las horas espiando a los vecinos desde lo alto de una pared divisoria.

J. Rodolfo Wilcock, *Fatti inquietanti*, 1961.

RATONES DEMASIADO PERFECTOS

Después de una serie de equivocaciones e intentos, un ratón encerrado en un laberinto aprendió finalmente el camino que lo llevará a la meta, un pedazo de queso. De todos modos los cibernéticos han construido ratones que, después de haber recorrido todo el laberinto (con un método preestablecido, por ejemplo girando siempre a la izquierda, que es justamente el sistema más seguro para salir de cualquier laberinto) conservan el recuerdo de cada error en sus memorias electrónicas, y por lo tanto están en condiciones de alcanzar directamente la meta, sin equivocarse, al segundo intento. Sin embargo estos ratones sagaces, justamente por su precisión, no podían satisfacer a los estudiosos: eran demasiado exactos, o sea, no parecían ratones verdaderos. Por lo tanto, los cibernéticos han construido otros, más complicados, que, gracias a un sistema de probabilidades, sólo consiguen eliminar los errores poco a poco, como los ratones verdaderos.

J. Rodolfo Wilcock, *Fatti inquietanti*, 1961.

EL PELUQUERO GENOVÉS

El señor Oreste B., de 72 años, peluquero de seño-
ras, ha sido denunciado en Génova por su propia
mujer por no haber cumplido con sus obligaciones
familiares, "después que, durante ocho años, aún con-
viviendo regularmente con la familia, había evitado
dirigirles la palabra a sus allegados, comunicándose
con ellos solamente por medio de cartas certificadas".
El mutismo del peluquero tuvo inicio en 1952,
cuando las grandes discusiones entre el jefe de familia y sus allegados lo llevaron a tomar la drástica
decisión de no dirigirles más la palabra a algunos de
ellos, limitándose a escribir cartas certificadas cuando tenía necesidad de algo. La familia aceptó la situación que se había creado hasta que, habiendo dis-
minuido el trabajo, el señor Oreste B. les hizo saber,
siempre por medio de cartas certificadas con aviso
de retorno, que no podía seguir desembolsando la
suma establecida de 105 mil liras mensuales; por otra
parte, los hijos podían trabajar y ganar dinero.
Cuando la familia se dio cuenta de que la "mensualidad" había sido reducida a cincuenta mil liras,
Oreste B. fue sometido a una serie de enérgicas re-
presalias: por lo que parece le daban poco de comer
y le suministraban alimentos poco nutritivos.

Con una nueva carta certificada, el hombre comunicó a la familia que necesitando alimentarse adecuadamente había decidido comer en el restaurante; por lo tanto estaba obligado a reducir a sólo quince mil liras la ya mencionada mensualidad. Entonces la mujer se dirigió a la justicia, que le dio la razón.

J. Rodolfo Wilcock, *Fatti inquietanti*, 1961.

PREMIO

A aquel hombre (de alguna forma hay que llamarlo) que no tuvo hijos, ni mujer, ni amigos, ni madre amantísima, ni paciente abuela, un día el cielo le concedió la gracia de un enemigo poderoso. Desde entonces no está solo. Se rumorea que secretamente sueña, y hasta posee ya algunos amigos.

Reinaldo Arenas (escrito en Cuba en 1971),
Voluntad de vivir manifestándose, Madrid, 1989.

KEATS Y TODO ESO

Keats y Chapman (en los viejos tiempos) pasaron muchos meses en el condado de Wicklow en busca de depósitos de ocre. Eso era antes de que los modernos métodos de investigación geológica se hubieran divulgado. Con Keats y Chapman se trataba literalmente de una cuestión de olfato. Ambos estuvieron olfateando todo el camino de Glenmalure, y luego todo el camino de regreso a Woodenbridge. En un campo de rabanitos cerca de Avoca, Keats sintió de pronto el punzante efluvio de una enorme mina de ocre y permaneció durante horas de cara al suelo alimentando sus narinas con el aroma de la riqueza oculta. Chapman no era menos afortunado. Había venteado en dirección a Newtonmpuntkennedy y regresó a la carrera gritando a los cuatro vientos que había encontrado una mina. Le imploró a Keats volver para que confirmara su diagnóstico nasal. Keats condescendió. Acompañó a Chapman hasta el lugar y una vez allí se recostó en la mugre para llevar a cabo su operación olfativa. Después se incorporó.

—Las grandes minas apestan así —dijo.

Myles na Gopaleen, *The Best of Myles*, 1968.

MEMORIAS DE KEATS

1

Keats y Chapman escalaron una vez el Vesubio y permanecieron asomados al interior del volcán, observando la lava burbujeante y estudiando la estéril ebullición de las entrañas pétreas de la Tierra. Chapman castañeteaba los dientes como si tuviera frío o fiebre.

—¿Tomarás una gota del cráter? —preguntó Keats.

2

Un antepasado de Keats estuvo involucrado en los terribles acontecimientos de la Revolución Francesa. Pertenecía, desde luego, a la aristocracia: una criatura solitaria que ignoraba la ordinariez del levantamiento y permanecía sentada en su estudio diseñado por Louis Kahn, bebiendo su pálido jerez y jugando al bézique. Pronto, sin embargo, estaría en la lista de los que serían ejecutados. Consideró la

178

tenebrosa máquina de Monsieur Guillotine, aprobando su eficiencia mecánica y permitiéndose para hacerlo una liviana dosis de admiración. Luego se volvió hacia su ejecutor, expresó los elogios pertinentes y oró para que se le permitiera cumplir su voluntad final antes de su último viaje, que era, verbigracia, permanecer enfrentando boca arriba la guillotina en lugar de adoptar la posición habitual con el cepo en el cuello, de modo tal que el filo le cortara la primero la garganta, no la nuca.

—Me gustaría sentarme en la máquina de espaldas —explicó.

Myles na Gopaleen, *The Best of Myles*, 1968.

INVESTIGACIÓN

El barco zarpaba después de la medianoche y tuvimos que atravesar el muelle en la más completa oscuridad, acarreando nuestro equipaje de mano. De no ser por la determinación que mostraba el gran autor, y mi admiración por su obra, no hubiera seguido adelante.

Para peor, el vozarrón de un oficial, invisible en la oscuridad, no paraba de amenazar.

—Quienes intenten subir a bordo sin sus boletos serán multados en mil dólares. —En medio del gentío que se agolpaba era imposible mostrarlos.

No había dónde sentarse, y a duras penas pudimos apretujarnos en un pasillo atestado de gente, sobre todo de mujeres, pero en ningún momento Henry James se quejó. En algún punto del trayecto el barco se detuvo unos minutos para que bajaran algunos pasajeros y le insistí a James que aprovecháramos la oportunidad para escapar. No quiso saber nada. Debimos seguir hasta el final.

Por razones científicas, dijo.

Graham Greene, *A World of My Own*, 1992.

LA IMAGEN EN EL ESPEJO

A los veinte años escribió sus memorias. Entonces, comenzó a vivir. Se justificaba:

—Si yo espero a tener setenta años para escribir mis memorias, me voy a olvidar de mucho y a mentir más. Escribiéndolas de inmediato serán más fieles y tendrán la gracia de las cosas frescas.

Lo que vivió después de esto no fue precisamente lo que constaba en su libro, aunque se esforzase en vivir lo contado sin retroceder ni siquiera ante lo más desalentador. Pero los hechos no siempre correspondían al texto y, para ser franco, diré que muchas veces lo contradecían.

Queriendo ser honesto, pensó en rectificar sus memorias a medida que la vida las contrariaba. Pero esto sería una falsificación de lo que honradamente pretendiera (o imaginara) debía ser su vida. Él no había fantaseado nada. Puso en el papel lo que le parecía natural que sucediera. Si no había sucedido era ciertamente traición de la vida, no de él.

Con la conciencia en paz, ignoró la versión de lo real opuesta a lo real prefigurado. Su libro fue adoptado en los colegios, y todos reconocieron que aquél era el único libro de memorias totalmente verdadero. Los espejos no mienten.

Carlos Drummond de Andrade,
Histórias para o Rei, 1997.

CARTA DE LA MUJER DEL MERCADER DEL RÍO

Cuando usaba aún el pelo corto sobre la frente
Y jugaba en el portón, recogiendo flores,
Viniste montado en una caña de bambú
Y trotaste alrededor de mí, sentada, jugando con
                                        [ciruelas azules.
Y seguimos viviendo en la aldea de Chokan,
Dos chiquilines sin antipatía ni malicia.

A los catorce años me casé contigo, Mi Señor.
Jamás reí, era tan tímida
Bajando la cabeza, miraba a la pared.
Por más que me llamaran nunca me volví a mirar.
A los quince dejé de ser adusta.
Deseaba que mis cenizas se mezclaran con las
                                        [tuyas
Para siempre, siempre, siempre.
¿Por qué tuve que subir al mirador?

A los dieciséis partiste
Hacia el lejano Ko-to-yen, por el río de locos
                                        [remolinos,
Y has estado ausente cinco meses.
Los monos hacen arriba un doloroso estrépito.

183

Arrastrabas los pies cuando te fuiste.
El musgo crece ahora en el portón
¡Demasiado tupido para arrancarlo!

Las hojas caen prematuras este ventoso otoño;
Las mariposas apareadas amarillean ya en agosto
Sobre la hierba del jardín del oeste.
Me hacen daño. Envejezco.
Si regresas a través de las gargantas del Kiang
Házmelo saber, por favor, anticipadamente
E iré a encontrarte
                    En Cho-fu-sa.

Traducción de la traducción de Ezra Pound de
Rihaku (Li Po), *Cathay*, 1915.

SE PROHÍBE MIRAR EL CÉSPED

Maniquí desnudo entre escombros. Incendiaron la vidriera, te abandonaron en posición de ángel petrificado. No invento, esto que digo es una imitación de la naturaleza, una naturaleza muerta. Hablo de mí, naturalmente.

Alejandra Pizarnik,
Textos de sombra y últimos poemas, 1982.

DIÁLOGOS

—Ésa de negro que sonríe desde la pequeña ventana del tranvía se asemeja a Madame Lamort —dijo.

—No es posible, pues en París no hay tranvías. Además, ésa de negro del tranvía en nada se asemeja a Madame Lamort. Todo lo contrario: es Madame Lamort quien se asemeja a ésa de negro. Resumiendo: no sólo no hay tranvías en París sino que nunca en mi vida he visto a Madame Lamort, ni siquiera en retrato.

—Usted coincide conmigo —dijo— porque tampoco yo conozco a Madame Lamort.

—¿Quién es usted? Deberíamos presentarnos.

—Madame Lamort —dijo—. ¿Y usted?

—Madame Lamort.

—Su nombre no deja de recordarme algo —dijo.

—Trate de recordar antes de que llegue el tranvía.

—Pero si acaba de decir que no hay tranvías en París —dijo.

—No los había cuando lo dije pero nunca se sabe qué va a pasar.

—Entonces esperémoslo puesto que estamos esperándolo —dijo.

Alejandra Pizarnik,
Textos de sombra y últimos poemas, 1982.

186

EL ESPEJO GENEALÓGICO

Hace unos veinte años un hombre joven fue solo a esquiar en los Alpes. Hubo una avalancha, la nieve se lo tragó y el cuerpo nunca fue encontrado. Su hijo era pequeño por entonces y, cuando creció, también él se hizo esquiador. Un día del invierno pasado salió solo para hacer un descenso. Cuando está en medio del camino se detiene a almorzar junto a una gran roca, mira hacia abajo para desenvolver su *sandwich* de queso y ve, allí mismo, a sus pies, un cuerpo congelado dentro del hielo. Se inclina para mirarlo mejor y de pronto tiene la sensación de estar frente a un espejo viéndose a sí mismo. Allí está él, muerto, y el cuerpo, absolutamente intacto, permanece conservado como en animación suspendida. De rodillas y con las manos sobre el hielo, se acerca cuanto puede para mirar bien la cara del muerto y se da cuenta de que está viendo a su padre. Y lo extraño es que el padre es más joven que el hijo ahora.

Paul Auster, *Smoke & Blue in the Face*, 1995.

GRAVIMETRÍA

Supongo que todo se remonta a la reina Isabel. No Isabel II, Isabel I. ¿Has oído hablar alguna vez de Sir Walter Raleigh? Fue la persona que introdujo el tabaco en Inglaterra y, como era un favorito de la reina —la reina Bess, así la llamaba él—, fumar se puso de moda en la corte. Estoy seguro de que la vieja Bess debió compartir más de un cigarro. Apostaron una vez que podían medir el peso del humo. Es extraño. Casi como pesar el alma de una persona. Pero Sir Walter era un tipo astuto. Tomó primero un cigarro nuevo, lo puso en una balanza y lo pesó. Después lo encendió y se lo fumó, echando cuidadosamente la ceniza en el platillo de la balanza. Cuando lo terminó, agregó la colilla a la ceniza, pesó el conjunto y restó esa cifra del peso original del cigarro entero. La diferencia era el peso del humo.

Paul Auster, *Smoke & Blue in the Face*, 1995.

TABAQUISMO

De repente, le llegó un olor a humo de puro. Vellya Paapen se volvió y lanzó su hoz hacia el lugar de donde provenía el olor. Había dejado al fantasma clavado al tronco de un árbol del caucho donde, según Vellya Paapen, todavía se encontraba. Un olor atravesado por una hoz, que sangraba una sangre clara y ambarina, y rogaba que le dieran un puro.

Arundhati Roy, *The God of Small Things*, 1997.

Encriptado en la Torá está todo lo que fue, es y será, hasta en sus menores detalles. Del recuento de los años de todas las generaciones, el obispo Ussher dedujo que el universo comenzó en el 4004 antes de Cristo. El matemático Rips buscó las relaciones lógicas ocultas en el texto y anunció el fin para el año 2113. Ambos se equivocaron. Quien al fin acierta es Vjrltz. Él descubre la ley que ordena las incontables combinatorias de las 304.805 letras del libro sagrado en un relato continuo de diáfano sentido que despliega el acontecer universal con absoluta precisión. Pero cada vez que aprieta la tecla de su computadora para comenzar a leerlo le sucede lo mismo: hay una enorme explosión. De nuevo comienzan a condensarse los astros, germina la vida, algunos hombres escriben la Torá, aparecen Cristo, Ussher, Rips, Vjrltz...

Theodore Sandry, *Forty Nine Impressions*, 1996.

EL SENTIDO DE LA LIBERTAD

La noche en que, ya viejo, se apagó definitivamente su fuego sexual, Sócrates oyó que el bello Alcibíades murmuraba: "Al fin libre". No se ofendió. Comprendió que la realidad se había equivocado de persona, porque la frase le correspondía. Y tuvo razón: no bien sus labios se la apropiaron, la vulgar expresión de alivio se cargó de noble sentido, de agudeza, de profundidad moral y, lo más importante, de trascendencia.

Theodore Sandry, *Forty Nine Impressions*, 1996.

LA ISLA

para Patricia Guzmán

Veo una isla. En verdad, la he visto siempre. La isla es como una montaña incrustada en el medio de un lago de aguas oscuras. Llueve en la isla, siempre ha llovido. Y desde cualquier costa del lago, la isla es apenas perceptible. Un manto de neblina la preserva de la vista de los hombres.

La isla es de vegetación cerrada: pinos, abedules, castaños. No hay porción de tierra que se libre de un brote de vegetación. El agua baña lentamente las orillas y ya esos extremos de tierra son vegetales: musgo o líquenes sobre las rocas.

La isla es más visible bajo luna llena. Pero, obviamente, la neblina lo impide todo. Vemos apenas la cúspide, una sobretierra flotando por encima del manto de nubes.

Nadie ha intentado cruzar el lago hacia la isla. Es un ejercicio al que nadie se aventura. Prefieren verla de lejos, misteriosa e inabordable, e imaginar cualquier cosa en ella. Imaginar, por ejemplo, una civilización secreta, insospechada, a la que nadie tiene acceso. Son las leyendas que la propia isla ha ido alimentando.

La isla sobrevive a todos los cambios, a todas las tormentas. El lago acoge con frecuencia tormentas fabulosas cuyos sucesivos relámpagos alumbran la noche de la isla con una precisión que sólo la niebla movediza recorta.

Se ignora que alguien pudiese vivir en la isla. En torno a esto, todo son especulaciones.

Hace años me he cansado de la isla, inmutable, y he preferido observar las orillas múltiples del lago. Hay costas llanas, arenosas; hay costas abruptas, de farallones negros; hay montañas cuyas faldas se incrustan en las aguas ahogando su propia vegetación desbordante.

Nadie viene a la isla porque nadie la ha visto. Desde años la habito y puedo asegurar que no he percibido signo alguno de vida en el resto del lago. Mi pulsión ha llegado a tanto que hoy en día sólo me desdoblo en las otras orillas y trato de imaginarme a alguien navegando hacia la isla. Es el ejercicio que cultivo, es la faena que me impongo cumplir algún día: llegar a la isla, verme en la isla, ponerle feliz término a este naufragio de años.

Antonio López Ortega, *Lunar*, 1998.

ANALOGÍA

Del largo y apretado pimpollo se aflojan los pétalos más largos: sus puntas empiezan a separarse de manera que en el lejano extremo de la flor quede una boca abierta. Entonces, liberados, los pétalos giran lentamente como hélices: en ocho horas uno de ellos puede girar cuarenta y cinco y noventa grados. Mientras giran retroceden hasta que están apuntando hacia atrás desde su pequeño y redondo cáliz que ahora empuja hacia delante.

Así se abre un ciclamino. Y así también, grandemente acelerada, la sensación de su pene que de nuevo se pone en erección y el prepucio que de nuevo se retira de esa empinada colina.

John Berger, *G.*, 1972.

SUBVERSIÓN

La nariz de ella rompía con todas las convencio-
nes. Era tan asimétrica e irregular que parecía casi
informe. Si le hubieran tomado un molde de la nariz
y lo hubieran sacado del contexto de su rostro, habría sido semejante al delicado fragmento de una
raíz. Sus protuberancias y depresiones, aunque muy
leves en sí, eran como las irregularidades de aquellas
partes de una planta que se hunde en la tierra en
busca de agua, en vez de crecer hacia arriba en busca
de luz. Todo el centro de su cara sugería una orienta-
ción subvertida. Los bordes exteriores de sus labios
ya formaban parte del interior de su boca. Las venta-
nillas de su nariz eran ya su garganta. Sentada, ya
estaba corriendo.

John Berger, G., 1972.

195

CHICAS

Un hombre o una mujer o ambos debieron escribir esta pieza acerca de una chica que camina hasta el despacho de su profesor y se sienta ante su escritorio y le tiende una nota que él desdobla y en la que lee: "A las chicas les gusta que les palmeen el traste". Pero no sé el nombre del autor o la autora. Ignoro por completo su identidad. Y además no sé si la chica fue en efecto palmeada, allí y entonces, sin más ni más, en el despacho del profesor, sobre su escritorio, o en otro momento, sobre el escritorio de algún otro, aquí, allá, en cualquier lugar, todo el tiempo, a la hora justa: religiosa, tierna, fervorosa e incesantemente *palmeada*, por siempre jamás. Pero también es posible que ella no· hablara de sí misma. Pudo no haber querido decir que era *ella* la que quería que la palmearan. Podía estar hablando acerca de otras chicas, chicas que ni siquiera conocía, millones de chicas con las que nunca se había cruzado, con las que no se encontraría, millones de chicas de las que ni siquiera había oído hablar, millones y billones de chicas del otro lado del mundo que, desde el punto de vista de ella, querían simplemente, sin ser arrojadas a los yuyos, que las palmearan. O, por otra parte, podía estar hablando acerca de otras chicas, chicas nacidas en Cockfosters o que estudiaban Literatura Americana en la Universidad de East Anglia, quienes verdaderamente le habían comunicado en forma personal, tras espasmos jadeantes de espectacular candor, que ellas, mientras todo se decía pero nada estaba hecho, querían, cuando se pasara del dicho al hecho, que las palmearan. En otras palabras, su afirmación (a las chicas les gusta que les palmeen el traste) podía ser el clímax de una larga y profunda meditación en la que ella se empecinó y que ahora había, en honor a la verdad, honorablemente concluido.

La amo. La amo con toda el alma. Creo que es una mujer maravillosa. La vi sólo una vez. Se dio vuelta y sonrió. Me miró y sonrió. Después paró un taxi de la fila. Le dio instrucciones al conductor, abrió la puerta, entró, cerró la puerta, me echó una última mirada a través de la ventanilla y luego el taxi arrancó y nunca más la vi de nuevo.

Harold Pinter, Granta 51, 1995.

LA DESAPARICIÓN DE UNA FAMILIA

Antes que su hija de 5 años
se extraviara entre el comedor y la cocina,
él le había advertido: "Esta casa no es grande ni
                                    [pequeña,
pero al menor descuido se borrarán las señales de
                                    [ruta
y de esta vida al fin, habrás perdido toda
                                    [esperanza".

Antes que su hijo de 10 años se extraviara
entre la sala de baño y el cuarto de los juguetes,
él le había advertido: "Ésta, la casa en que vives,
no es ancha ni delgada: sólo doblada como un
                                    [cabello
y ancha tal vez como la aurora,
pero al menor descuido olvidarás las señales de
                                    [ruta
y de esta vida al fin, habrás perdido toda
                                    [esperanza".

Antes que "Musch" y "Gurba", los gatos de la casa,
desaparecieran en el living
entre unos almohadones y un Buddha de porcelana,
él les había advertido:

"Esta casa que hemos compartido durante tantos
[años
es bajita como el suelo y tan alta o más que el cielo,
pero, estad vigilantes
porque al menor descuido confundiréis las señales
[de ruta
y de esta vida al fin, habréis perdido toda
[esperanza".

Antes que "Sogol", su pequeño fox-terrier,
[desapareciera[1]
en el séptimo peldaño de la escalera hacia el 2º
[piso,
él le había dicho: "Cuidado viejo camarada mío,
por las ventanas de esta casa entra el tiempo,
por las puertas sale el espacio;
al menor descuido ya no escucharás las señales de
[ruta
y de esta vida al fin, habrás perdido toda
[esperanza".

Ese último día, antes que él mismo se extraviara
Entre el desayuno y la hora del té,
Advirtió para sus adentros:
"Ahora que el tiempo se ha muerto
y el espacio agoniza en la cama de mi mujer,
desearía decir a los próximos que vienen,
que en esta casa miserable
nunca hubo ruta ni señal alguna
y de esta vida al fin, he perdido toda esperanza.

Juan Luis Martínez,
Señales de ruta de Juan Luis Martínez[2], 1987.

[1] El nombre de este perrito frente a un espejo es LOGOS (Nota de los lectores).
[2] Enrique Lihn / Pedro Lastra.

CONTRARIEDAD

Hace unas horas era una mariposa que revoloteaba sobre la cabeza de un chino dormido. Después me desperté y fui un dinosaurio. ¿Soy un dinosaurio que recuerda haber soñado que era una mariposa sobrevolando a un chino o una mariposa que sueña ahora que es el dinosaurio que lo mira dormir? Chuang Tzu, soñador de este dilema, despierta y constata molesto que el dinosaurio todavía está allí. Intuye las incansables multitudes que repetirán esta pueril solución del bello enigma y lamenta amargamente su inoportuno despertar.

Blau Carras, *Las formas del sueño*, 1997.

BRICOLAGE

Un soñador se sueña frente al espejo de su cuarto examinando una moneda antigua. Despierta y encuentra la moneda en su cama. La toma entre sus dedos, la levanta, la mira con sorpresa y mira hacia el espejo. Ve su imagen pero el reflejo de su mano no muestra la moneda. Sumamente extrañado, vuelve la mirada y constata que en efecto la moneda está allí: es grande, oscura, dura y fría. La da vuelta para ver la ceca y, al instante, se ve trasladado al otro lado del espejo. Asustado, conserva todavía serenidad para darse cuenta de que si gira de nuevo la moneda es probable que las cosas vuelvan a su orden natural. Pero ahora no la tiene, está en la mano de la proyección que ocupa su cama. Se tranquiliza pensando que no importa quién o qué la dé vuelta: él o el otro, el resultado será el mismo. Sin embargo el otro se desinteresa de la moneda, la deposita sobre la sábana y se duerme profundamente. Por la angustia que lo posee, típica de las peores pesadillas, el soñador cree que sólo ha soñado que despertó. No obstante, no puede salir ni de la pesadilla ni del espejo.

Es fácil ver que la situación anterior puede rendir, por lo menos, tres microcuentos del tipo anverso-reverso más un número considerable de combinaciones, una de las cuales es la narrada. Por otra parte, si el soñador fuera Ulises, la moneda cualquier fórmula con dos posibilidades, y el espejo un límite genérico entre mundos paralelos, el rendimiento sería mayor y podría obtenerse una muestra bastante representativa de lo que es el cuento brevísimo estándar.

Blau Carras, *Las formas del sueño*, 1997.

FIN

El profesor Jones había trabajado en la Teoría del tiempo por muchos años.

"Encontré la ecuación clave", le dijo a su hija. "El tiempo es un campo. Yo inventé esta máquina que puede manipular, incluso invertir, ese campo".

Presionando un botón mientras hablaba, dijo: "Esto debería hacerlo retroceder hacerlo debería esto", dijo, hablaba mientras botón un presionando.

"Campo ese, invertir incluso, manipular puede que máquina esta inventé yo. Campo un es tiempo el". Hija su a dijo le, "clave ecuación la encontré".

Años muchos por tiempo del Teoría la en trabajado había Jones profesor el

FIN

Fredric Brown, citado por Martin Gardner en *The Ambidextrous Universe*, 1964.

ÍNDICE

206